JN213949

転生チートは家族のために

ユニークスキル『複合』で、快適な異世界生活を送りたい！

りーさん

Illust.
pokira

TENSEICHEAT HA
KAZOKUNOTAME NI

T E N S E I C H E A T

ロード
料理上手なルイの父。
ルーシーに
頭が上がらない。
ルーシー
ルイの母。
ロードのお店を
手伝う傍ら、
領主の娘の針子を
している。
レオン
ルイの兄。
普段は誰にでも優しいが、
弟のことになると
周りが
見えなくなる。
ルイ
前世の記憶を持ったまま
ロードたちのもとに
転生した少年。
前世で家族との関係が
希薄だったため、
家族に対する思いが
人一倍強い。

登場人物紹介
アレクシス
ルイたちが住む
ヴァレン領の領主。
大人びたルイの言動を
しばしば
怪しんでいる。
ロナード
アレクシスが
雇っている兵士。
忠誠心が厚い。
リーリア
アレクシスの娘。
明るく社交的だが、
ちょっとだけ頑固な
ところがある。

プロローグ　生まれ変わって

僕は、いわゆる鍵っ子だった。

幼稚園の時は、家族と一緒に夜ごはんを食べていたけど、小学校三年生くらいからは、お母さんの作り置きが置いてあって、それをレンジで温める生活。お風呂も、洗濯も、家事は全部一人でやって、その合間に宿題も終わらせる。そして疲れきって寝る。そんな日々の繰り返しだった。

大げさではなく、両親と一度も顔を合わせない日もあったくらい。

授業参観とか、運動会とか、そういう学校のイベントに親が来ることもなかった。

みんなは、親が来るのが恥ずかしいって言っていたけど、僕からすれば羨ましかったくらいだ。

みんなが家族と楽しそうにしている中、ぽつんと見ているだけだったから。

中学生になっても、それは変わらなかった。

これくらいの年になると、親がうざったくなるものらしいけど、そもそもこれまで関わりをろくに持っていなかった僕には、そんな気持ちも起きなかった。

あまりに家族との交流を持てなかったがゆえに、僕は次第に、もし生まれ変われるなら、優しい家族とずっと一緒にいたいなぁ、と思いながら眠るようになっていた。

だから、この状況はありがたいといえばありがたいんだけど……

いくらなんでも唐突すぎない？


「おぎゃあっ！　おぎゃっ……」

赤ん坊の泣き声が聞こえた。

近くにいた女の人が椅子から立ち上がって、ベビーベッドで寝ていた、小さな体を抱き上げる。

その小さな体というのは、僕だった。

そう。僕は本当に生まれ変わってしまっていた。しかも、赤子に。

「あら～、ルイ。どうしたの？」

女性がよしよしとあやすように僕を優しく揺らした。

ダークブラウンの髪に、エメラルドグリーンの瞳を持った、きれいな顔が視界に映った。

この人が僕の母さんだ。

最初は何が起きているのかさっぱりだったけど、話しかけられるうちにわかるようになってきた。

赤ん坊は意外に順応が早いのかもしれない。

「おしめかしら？　それとも、お腹が空いたのかしら？」

母さんは僕を一旦ベッドに寝かすと、服を脱がせてからあちらこちらを確認する。

異常がないことがわかると、今度は胸のボタンを外し出した。

「あーっ！　あっ！」

僕はその動きを、声を上げて止める。

違う違う！　そうじゃないって！　ちょっと思い出に浸(ひた)ってただけ！

体に精神が引っ張られてるせいか、すぐに泣き出しちゃうんだよね。

我ながら厄介(やっかい)な体だ。

体をジタバタさせて、僕は抵抗の意思を示す。

「ちょっと待っててね。ボタン外すのって、ちょっと手間なのよ」

だが、僕がぐずったのを母さんは催促(さいそく)の意味だと受け取ったようだ。

ちがーう！　なにも、なにもいらないから！　ほんとに！

「ひっ……ひくっ……」

またしても涙がこみあげてきた。

ちょっとでも感情的になると、すぐに泣きそうになってしまう。

勘違いしたままの母さんがさっきよりも速い動作でボタンを外し、僕の口に胸を押し当てる。

うう……言葉で意思表示ができないのって、こんなに辛いのか。

僕が、小さな手で胸を押し退(の)けようとしたり、口をずらしたりして抵抗すると、母さんがきょとんとした顔になった。

「あれ……飲まないわね……」

そりゃそうだよ！　お腹空いてたわけじゃないもん！

「うー……」

僕は、なんとか母さんのはだけた服を戻そうとする。

けれど、赤ん坊には、まず服を引っ張るだけの力がない。すぐに手からスルリと抜けてしまう。

ぬあ〜！　悔しい！

「いらないの？」

母さんが、僕が服を戻そうとしていることにようやく気づいたようだ。

僕がその言葉に力強く頷くと、母さんは戸惑いながらも僕をベッドに寝かせて、服を戻した。

よしよし。

「じゃあ、さっきのはなんだったのかしら……どこか痛かったの？」

僕は思い通りになって満足していたが、母さんとしては僕が泣いたのを気にしているらしい。

でも、前世の記憶を思い出してましたなんて、言葉にできたとしても信じてもらえないだろうし、安易に言うわけにもいかないよなぁ。

いたたまれない気持ちになっていたところで、僕はふと思いついた。

両手を広げて、期待の眼差しを込めて母さんを見た。

「あぁ〜い！」

最初は戸惑っていた母さんだったが、繰り返しアピールすると僕の意図を察してくれたようだ。

僕をそっと抱き上げてくれる。

「よしよし。抱っこしてほしかったのね」

「あい！」

優しく抱いてくれる母さんに、僕は力の限りハグを返した。

家族との交流に強い憧れを持っていた僕にとって、この生まれ変わりは最高だった。

前世については懐かしく思うことがあるけど、途中で家族との交流が途絶えたトラウマもある。

この世界の家族も、今は構ってくれていても、大きくなったら、前世の両親みたいになるかもしれない。

そんな不安な気持ちもあって、僕は今のうちにとたくさん甘えまくった。

甘えん坊と思われるのはちょっと恥ずかしいけど、前世の分も愛されてると感じるから、その恥ずかしさも許容できる。

この人生は、絶対に後悔しないように生きようと強く思うのだった。

第一章　優しい家族

僕の赤ん坊としての日常は、とにかく寝る時間がほとんどだ。

寝て、寝て、とにかく寝て……起きている間に、ご飯を食べたり、家族に甘えたりする。

今日もいつものように、母さんに甘えながら抱っこされていた。

すると、ダダダと勢いよく階段を駆け上がる音が響く。

「今戻ったぞ、ルーシー！　ルイ！」

ドアがバンと開くと、男の人が入ってきた。

びっくりした僕は、反射的に目から涙をこぼす。

どうも、この体は感情が素直に全部出るみたいだ。

特に、涙が流れやすい。

僕の涙に気づいた母さんが、やってきた男の人を睨(にら)みつける。

「ちょっとあなた！　ルイが怯(おび)えているでしょ！」

「す、すまん……三日ぶりにゆっくりできると思ったら、つい……」

母さんに怒鳴られた男の人は、しゅんと小さくなった。

この男の人は僕の父さんで、名前はロード。ダンディな容姿で、夜空のような紺色の髪に黒い瞳をしている。

うちは飲食店を経営しているんだけど、今の時期は特に忙しいみたいで、父さんはなかなか休みが取れないようだ。それでも、客が少ない時間帯に、ちょこちょこ僕の様子を見に来てるけど。

この家は、一階が飲食店で、二階が僕たちの居住スペースとなっている。構造は、前世の二世帯住宅に近く、飲食店の入口は目立つように大きく正面にあり、そこから二階に行くことはできない。二階に出入りするには、裏口を通る必要がある。キッチンのドアから裏口につながる廊下に出られるから、わざわざ裏口まで回らずに様子を見に来れるようになっている。

ちなみに、母さんは父さんと一緒に店で仕事するかたわら、針子の仕事をしている。

でも今は、僕の面倒を見るために育休を取っていて、休業中なんだ。

父さんは、僕に怯えられたのが相当ショックだったのか、小さくなったまま微動だにしない。

まるで石像のようだ。

このままじゃ父さんが可哀そうだし、少しサービスするか。

「たぁー。あーい」

僕はニコニコと笑いながら甘える様子を見せて、父さんのほうに手を伸ばした。

父さんは、先ほどのショックが残っているのか、様子を窺っている。

けれど、僕が必死に手を伸ばすと、自分の手を僕の小さな手に合わせてきた。

そして、僕が父さんの人差し指を掴んだ途端、デレデレした表情になった。

ふっ、ちょろいな。

僕が機嫌を直したと思ったんだろう。

父さんは、僕を母さんから奪うように抱き上げて、よしよしと頭を撫でる。

少し不器用な感じだけど、ちゃんと愛情を感じる優しい手つきだった。

僕を撫でている父さんに、母さんが声をかけた。

「そういえば、あなた。レオンはどうしたの？　一緒に帰ってくるって言ってなかったかしら？」

「受付が混んでいるらしくてな。まだ査定に時間がかかるそうだ。もう少しで帰ってくるだろう」

「そう……」

母さんが心配そうな目で僕を見つめる。

僕は、そっと目を逸らした。

レオンというのは、僕の六つ上の兄のこと。そして、その性格を一言で表すならば、ブラコンだ。

今は、育休で働けない母さんに代わって、いろいろなところにお手伝いしに行って、少しでも家にお金が入るように頑張ってくれている。

それはいいんだけど……レオンは年の離れた弟のことが可愛くて仕方ないのか、家にいる時は、常に僕のところに来て、猫可愛がりするのだ。愛してくれるのは嬉しいとはいえ、何しろ、レオンも子どもだから加減を知らない。しかも、その可愛がりは僕の都合もお構いなしなので、僕が疲れて寝ようと思っても邪魔されることがある。

なかなか寝られないから、不満を覚えた僕が泣きわめくこともあって、それを聞いた母さんがすっ飛んできて、僕をあやすなんて流れも多い。

そんな感じだから、おそらく母さんは僕たちのやり取りを見て、僕とレオンの仲が悪いのではないかと気にしているらしい。

もしレオンの邪魔が入って僕が泣き出しても、レオン自身が泣きやませられるわけでもなく、結局母さん頼りになるので、それも母さんからすれば困りごとなのだろう。

僕としては嫌いではないんだけどね、可愛がってくるタイミングが悪いだけで。

「ルイのことを可愛がってくれるのはいいんだけどね……」

「まぁ、今日は俺もいるから、何かあっても大丈夫だろう」

その言葉に、僕は固まる。

いや、むしろ不安なんですけど。母さんにいてほしいんですけど。

「そうね……」

母さんが、ボソッと呟いて同意した。

ダメだって！　赤ん坊をあやし慣れてない男たちに任せたら！　このままだと、可愛がられすぎて疲れちゃって、僕もぐったりしちゃうよ！　母さん！　正気に戻るんだ！

「あー！　あう！」

嫌だという気持ちをお母さんに力一杯訴える。

当たり前のように涙も溢れ始めた。

「あらあら、どうしたの？　お父さんが嫌になったのかしら」

「えっ……」

母さんのストレートすぎる言葉に、父さんがまたショックを受けていた。だが、そんなことを気にしている場合ではない。

「よーしよし。もう大丈夫ですよ～」

母さんはそう言って、父さんから僕を抱え上げあやし始める。

僕の涙は一瞬で引っ込んだ。

その様子を見て、父さんが震えながら手を伸ばす。

「ルイ……そんなに嫌なのか？」

「だっ！」

僕はプイッとそっぽを向いた。

ろくでもないことを言うからだ。少し反省してください。

改めて父さんの顔をチラッと覗（のぞ）くと、またしても石像になっていた。

◇◇◇

父さんが帰ってきてから一時間ほど経って、再びドアが開く。

中に入ってきたのは、父さんと同じ夜空のような紺色の髪と、母さんと同じエメラルドグリーンの瞳を持った男の子。

「ただいま～」

「おっ、レオン。戻ったか」

父さんがそう返した。

彼こそが僕の兄であり、ブラコンのレオンだ。家族の贔屓目で見なくても、かなりイケメンのため、この辺りのお嬢さんたちの初恋の九割は、レオンがかっさらう。

嫌な顔もせずに頼みごとを引き受ける優しさに、平民にしては珍しく字が読める賢さ、マナーも兼ね備えている辺りが、モテ具合に拍車をかけている。

そんな評判最高のレオンなのに、家に帰ればたちまち――

「ルイ〜！　会いたかったよ〜！」

弟に真っ先に駆け寄って、デレデレした顔で抱っこする残念な人になる。

抱っこされている側の僕は、無の表情だ。

「会いたかったって……今朝会ったばかりだろ」

「何を言うんだよ、父さん！　すでに八時間三十四分も空いてるんだよ⁉　ルイが足りない！」

父さんの冷静なツッコミに、レオンは僕が寒気を覚えるような内容の反論を繰り出す。

家に時計はないのに、どうやって正確な時間を割り出してるの？　怖いよ？

あと、ルイが足りないって何？　僕は栄養素じゃないんだけど。

「ルイもお兄ちゃんがいなくて寂しかっただろ〜？」

いや、そんなことないけど。むしろ、たっぷりお昼寝ができて最高でしたけど。なんなら、まだ寝足りないから、もう少し寝させてほしいくらいだよ。

だが、そんな気持ちが伝わることはなく、レオンはひたすら僕を抱きしめて可愛がっている。

「う〜……！」

早く解放されたい僕は不満を訴えるために足をバタバタさせたり、手で押し退けようとしたりするけど、レオンは離そうとしない。

というか、さらに抱きしめる力が強くなった。

ちょっと痛いし、これではまったく寝られそうにない。

「照れてるんでちゅか〜？　かわいいでちゅね〜」

やーめーろー！　はーなーせー！

「だーっ！　やっ！　やっ！」

僕が声を出して抵抗し始めたのを見て、ようやく本気で嫌がっていると捉えたようだ。

レオンがたじたじになり、父さんも異変を感じたのか、勢いよく椅子から立ち上がって、僕に駆け寄った。

「ルイ、どうした？」

「ルイ……？」

父さんとレオンが心配そうに声をかけてくるが、僕の不機嫌さはすでに限界点に達していた。

「びゃあああ!!」

とうとう自分でも抑えがきかなくなり、僕は大声で泣き出した。涙がいつも以上に溢れてくる。

寝られないことは、赤ちゃんにとって相当なストレスだったようだ。

前世では決して沸点が低いほうではなかったはずだが、とてもイライラしていた。

「ルイ！　どうしたの!?」

僕の泣き声を聞きつけたのか、それまで別室で仕事していた母さんが颯爽と現れ、レオンから僕を奪って、慣れた手つきで優しくあやし始める。

おかげで僕も少し落ち着きを取り戻した。

「あう～……」

「もう！　なんでレオンはいつもルイを泣かせるのよ！」

母さんがレオンを叱りつける。

「だ、抱っこしてただけだよ！」

「嫌がってるように見えたわ。ルイのことを考えず、しょっちゅう抱っこなんてしたらだめよ」

「母さんだって、ルイが泣いたら抱っこするじゃん！　僕はルイを可愛がってるだけだよ！」

レオンが自分は悪くないとばかりに言い返した瞬間――

パチン。

母さんがレオンの頬を叩く音が響いた。

えっ？　と思っていると、母さんが捲し立てる。

「赤ちゃんはおもちゃじゃないのよ！　私がルイを抱っこしてるのは、ルイを落ち着かせるためなの！　自分勝手にやってるわけじゃないのよ！」

「じ、自分勝手にやったつもりなんか……」

レオンが何か言おうとするものの、それは母さんの説教に遮られる。

「じゃあ、なんでルイを寝かせてあげないのよ！　この時間は、いつもお昼寝をしているの！　それを邪魔して無理やり抱っこなんかしたら、嫌がられて当然でしょ！」

レオンは、叩かれた頬を押さえながら俯いた。

どこまで理解しているかは定かじゃないけど、自分が何かをやらかしてしまったことに気づいたようだ。

「ごめん、なさい……」

そう言うレオンの目から、何か光るものが流れる。

僕はレオンが泣いていることに気づいた。

まぁ、あんな風に大声で怒鳴られたら怖いか。ちょっと、悪いことしたかなぁ。

そこで、父さんが仲裁に入ろうと口を開いた。

「おい、ルーシー。もうそれくらいに……」

だが、それは逆効果だったようで、今度は母さんの矛先が父さんに向いた。

「あなたもなんで黙って見てたのよ！　もっと早く止められたでしょ！　レオンの時のことをもう忘れたの⁉」

父さんが何も言い返せず、目を逸らした。

なんか前科があるっぽい……？

「ほんと、男たちは頼りにならないんだから……！」

イライラしたように、母さんが呟く。

僕は間近でそんな母さんの顔を見て、ちょっと怖くなってしまった。

恐怖を感じたら、赤ん坊が取る行動は一つ。

「ふぇっ、ふぇ～ん……」

そう、泣くのである。

一度は落ち着かせられたと思っただけに、今回は母さんも驚いたようだ。

母さんが慌てて再びあやす。

「あら、眠いの？　待ってて、今ベッドに……」

そして、僕をベッドに置こうとした。

だが、今はいくら寝るのが仕事の赤ん坊とはいえ、まったく眠る気になれなかった。こんな最悪な空気の中で寝るなんて無理だ！

「やっ！　やっ！」

僕が抵抗すると、母さんがおろおろし始める。

普段なら僕が不機嫌な理由にすぐに思い当たるはずの母さんが、ここまで取り乱すなんてかなり珍しい。

そうか。考える余裕がないほど、今の母さんは疲れてるんだ。

僕は呆然としている男たちに視線を向けた。

「あう！　だー！」

僕が手で必死にアピールすると、最初は二人ともポカンとしていたけど、レオンはなんとなく察してくれたようだ。僕に少しずつ近づいてきて、伸ばした手に触れる。

「あーい！」

ここぞとばかりに喜んで見せると、レオンが嬉しそうな表情になった。

慎重に母さんから僕を受け取って、ゆりかごみたいにゆっくりと揺らしている。母さんの真似かな。おそらく思いきり抱きつきたい気持ちもあるんだろうけど、さっきの母さんの言葉が効いているのか、いつもより手つきが優しい。

これならレオンが抱っこしても大丈夫だと母さんに示せるし、みんな安心できるかな。

泣き疲れたからか、僕は気づいたらぐっすりと眠っていた。

異世界に転生して、一年ほどが経過した。

僕は、ハイハイによって自由に動き回れるようになっていた。

最初にハイハイができるようになったのは、約半年前。

赤ちゃんにしては早いほうらしく、普通にハイハイしていたら、家族はみんな驚愕していた。

まぁ、暇な時に、ベッドの上で手足の運動してた成果かな。

ハイハイし始めた頃はまだ動きが拙（つたな）かったんだけど、そこからさらに半年経った今となってはかなり慣れてきていて俊敏に動けるようになった。ちょっとの間なら掴まり立ちもできる。

そんな感じで、いつものようにハイハイ歩きでうろうろしていたら、僕はひょいっと抱き上げられた。

「こーら、ルイ！　そっちはだめだって」

「にー！」

抱き上げたのは、レオンだ。

母さんに叱られて以来、レオンはかなり反省したらしく、僕との距離をほどほどに保つようになった。今はいいお兄ちゃんである。

そんなレオンを、僕は親しみを込めて『にー』と呼んでいる。

決して、舌足らずだからじゃない。母さんのことは『かーしゃ』、父さんのことは『とーしゃ』と呼んでいるので、どちらかといえばこっちが舌足らずな呼び方だ。

「今日は母さんたちいないから、いい子にしてて」

「あーう……」

レオンにそう注意されるが、今まで行動範囲のほとんどがベッドか母さんの腕の中だった僕にとって、動き回れるというのは最高で、そう簡単にはやめられない。

以前から見ていた景色も視点を変えるだけで新鮮に見えるんだから。

「その代わり、また魔法を見せてあげるよ。ルイ、好きなんでしょ？」

「あい！　みちゃー！」

はい、見たい！　と言ったつもりだったけど、あまり言葉の原形が残ってないかも。

まぁ、レオンは笑っているから、おそらく伝わっているはず。

レオンに面倒を見てもらうことが増えてから、僕はこうして魔法を見せてもらうのがすっかり楽しみになっていた。

この世界には魔法が存在する。

魔法は六歳になると使えるようになる。といっても、その前に式に出席することが必要だ。

少年式（しょうねんしき）――女の子の場合は少女式（しょうじょしき）と呼ばれる式典の項目の一つである選定の儀で適性を見てもらってから、使用方法を学ぶことが許可されるという。

魔法には複数の種類があって、代表的なものに、色魔法と魔法陣魔法が挙げられる。

色魔法は、自分の魔力を消費して使うことができ、適性のある色に準じて効果が異なる。

どの人間も、必ず一つは適性を持っているらしい。水晶がカラフルに光ることで適性を判断するため、色魔法と呼ばれているのだとか。

現在、存在している魔法の色は、赤、青、黄、緑、白、黒、金、銀だ。

赤は、俗に火魔法とも呼ばれていて、爆発系の能力や温かくする能力もこの色に分類される。

また、赤の適性がある人は熱に強く、熱いものや火に耐性ができるらしい。もちろん、個人差はあるけどね。

青は、水魔法で凍らせたり、冷やしたりする力がある。それから、こちらは冷たいものへの耐性を得られる。

黄は、土……というか、地面系全般を司る。土を自在に操ったり、岩を生み出したりするだけでなく、その能力の延長で植物を操ることができる者もいるらしい。赤や青とは違って、耐性は得られないけど、植物が育ちやすくなったり、土の良し悪しがわかったりすることもあるようだ。農家の人たちは、たいていは黄魔法の適性があるそうだ。

緑は風の魔法で、風を起こして攻撃することができる。さらに、風の力で物を自在に動かすことも可能なので、念力のようにも使えるらしい。自分にその力を使って、空を飛ぶことすら可能だ。

自在に空を飛び回れる魔法なんて想像するだけでわくわくする。

緑魔法の適性があればいいな、と僕は思っている。

緑魔法の適性があると、音を聞き分けたり、風に乗る音を聞いたりして、ある程度周囲の状況を把握できる力も得られるようだ。結構便利かも。

白は、回復魔法や浄化が使える。ただ、奇跡みたいな力を起こせるからか、適性がある人が少なく、白魔法の所有者は引っ張りだこになるらしい。白の適性があるだけで、その後の生活に困らないとまで言われているとか。しかも所有者自身も病気になりにくかったり、ケガの治りが早くなったりするそうで、結構羨ましい。

黒は、闇魔法。辺りを暗くしたり、影から影に移動するなんてトリッキーな力が使える。噂では、他の色魔法の真似事もできるそうだけど、本当かは知らない。そして、黒魔法には怖いところもある。なんと呪いが使えるのだ。

だから、貴重さは白魔法と同じくらいなのに、差別されることも多いらしい。

僕が家族から気味悪がられることはないと思いたいけど、怯えられたら嫌だから、僕としては黒の適性は欲しくない。

白と黒の適性も珍しいけど、それよりもっと希少なのが金と銀だ。国に一人いるだけですごいらしい。

金は、支援を得意とする色魔法である。

体に魔力を纏(まと)って身体能力を上げたり、体を硬化させて防御力を高めたりすることができる。

他の色魔法の適性を一緒に持っていれば、その魔法の力を武器に付与するなんて使い方も可能だ。

銀は、空間魔法。瞬間移動したり、異空間に物を収納したり、一定の空間を隔離してその中の物を守る、いわゆる結界を張ったりする。

この二つが他の色魔法よりすごいのは、自分以外の味方などにも効果を付与できること。

どちらも軍隊が欲しがるくらいの力だ。ただ、適性者が少なく、金魔法や銀魔法を使う軍隊はよほどの大国でないと存在しないらしい。

魔法陣魔法は、名前の通り、魔法陣を描き、そこに魔力を通して使用する魔法だ。

魔道具を作る時や大規模魔法を発動する時は重宝(ちょうほう)するけど、日常で使うことはほとんどない。

ただ、色魔法にはないメリットもあって、十分な魔力さえ持っていれば、色の適性に関係なく様々な効果を一時的に使うことが可能だ。

今から僕に魔法を見せようとしてくれているレオンが持っているのは、青と緑の適性だ。つまり水魔法と風魔法が使える。

家の中で風魔法を使用するのは危険なので、主に使ってくれるのは水魔法だ。

レオンが僕を膝の上に乗せて、ぶつぶつと呪文らしきものを唱える。

その直後、小さい水の塊がレオンの指先に出現した。

「ほわぁー！」

何度見てもすごい。ファンタジーのマンガやアニメの中でしか知らない光景が、目の前で繰り広げられ、僕は感嘆の声を上げた。

レオンは、そのままくるくると指を動かして、水を操る。その指の指示に従うように、水がゆらりと宙を舞い、どんどん膨張していく。

ちょ、ちょっと？　危なくない？　大丈夫？

「にー！　おーき！　ちーしゃ！」

大きいから小さくしてと言ったつもりが、よくわからない単語の羅列になってしまった。

レオンには意味は通じたようだけど、ふふっと笑って「大丈夫だよ」と言うだけだった。

僕がハラハラしながら水の行方を見ていると、水は膨らまなくなり、ぐにゃぐにゃと歪んでいく。

そしてどんどん形を変えて、長細くなっていった。次第に動きが細かくなって、まるで彫刻でも作るかのように、少し縮んだり、模様が浮かび上がったりしていく。

見た目がどんどん人間に近づいていくのに気づいた辺りで、水が見覚えのあるものへ形を変えていた。

レオンの操作が終わるのと僕が指を差したのは、ほぼ同じタイミングだった。

「かーしゃ！」

「そうだよ。そっくりでしょ？」

自慢げに言うレオンに、僕はこくこくと頷く。

髪や指の長さ、微笑んだ時にできるえくぼまでそっくりだ。魔法って、こんなこともできるのか。

僕も、早く使ってみたい。

家族の目があるから、練習するタイミングがなかなかできないんだけど。

僕が喜んだことで、レオンも嬉しくなったのか、続けて提案してくる。

「父さんも作れるけど、見たい？」

「いやない！」

まぁ、それはいいかな。

僕が笑顔でそうバッサリ言い切ると、レオンは顔をひきつらせた。

◇　◇　◇

時間がすぎるのは早いもので、三歳になった。

走り回ることができるようになった僕の行動範囲はますます広がり、家が手狭になってきている。

この家は、決して裕福ではなく、僕が走り回れるような広いスペースがない。

でも、僕は動きたい盛りの子どもだ。

これも体が三歳児という影響なのか、動かないとむずむずして仕方ない。

「にーに！　おしょとー！」

「わかった。外行こうか」

そのため体を動かしたいとなれば、外に出るしかない。

僕がレオンにねだると、すんなり了承してくれた。

歩けるようになったことで、僕は誰かと一緒なら外出してもいいという許可をもらっている。

でも、僕の世話に手がかからなくなったことで、母さんが働きに出るようになり、両親とはあまり長い時間一緒にいられないんだよね。

母さんに代わって家にいてくれるようになったレオンのおかげで外出できている。

僕がレオンと一緒に階段を降りると、一階で仕事をしていた両親が僕たちに気づいた。

キッチンにつながるドアから顔を出して声をかけてくる。

「外に行くの～？　気をつけなさいよー」

「あんまり遠くに行くんじゃないぞー！」

僕たちは母さんたちの言葉に、くるりと振り返って応える。

「あーい！」

「わかってるよ、母さん！　父さん！」

お仕事の邪魔にならないうちに、裏口からそそくさと外に出た。そして、裏口と面している脇道を抜けて、大通りに向かう。

「ほわぁー！」

　僕は感嘆の声を上げた。いつ見ても新鮮に感じる大通りの風景だ。

　いつもなら大通りには出ず、この辺りをうろうろするくらいなのだが、今日はこの先へ進める！

　僕はキョロキョロと辺りを見回して、レオンに手当たり次第に質問した。

「にーに！　あれ！　あれなに!?」

「あれは果物を干しているだけだよ」

「あしょこは!?」

「露店街だね。みんなあそこで食べ物や布を購入するんだよ」

「わぁー！」

　大通りに出るのが初めてな僕は、興奮が収まらない。ちょっと考えればわかるようなことも、レオンに聞かずにはいられなかった。

　土を踏む感触、往来する人々、騒がしいくらいの人の声は、前世で飽きるほど経験してきたことだけど、なぜか未知の世界のように感じた。

「ルイ、くだものほしい！」

　せっかくここまで来たのだから、ショッピングくらいしたい。

　果物はこの辺りでは栽培されておらず、輸送費がかかる分、平民から見ると少し高値だ。

　家でも、果物が出たことはあまりなく、レオンもたまにしか口にしたことがないそうだ。

　またいつ外出できるかわからないし、贅沢（ぜいたく）だけどおねだりくらいは許してもらおう。

「じゃあ、少し買っていく？　お金に余裕はないから一つか二つになるけど……」

「ほしい！　たべたい！」

転生してから、一度も甘味を口にしていない。

果物を一口くらいかじってみたいという気持ちが抑えられなかった。

「じゃあ、行ってみようか」

「やったー！」

僕は子どもらしく両手を上げて無邪気に喜ぶ。

体に引っ張られて、感情が勝手に表に出ることは多いが、こういう大げさな動作はたいてい演技だ。うっかりすると、子どもっぽく見えない行動が出てしまいかねないので、年相応に見えるように意識する必要がある。

それというのも、家族には転生のことは秘密にしているからだ。不気味に思われたくないし、変な団体に目をつけられて今の環境を壊されるのも嫌だ。ラノベとかでは、転生者という理由で頼られたり狙われたりするらしいからね。

「にーに。これなぁに？」

露店街にたどり着いた僕は、真っ先に目についた、リンゴらしきものを指さす。

「ああ、それはエルパだよ。少し酸っぱいけど、甘くておいしいよ」

おお、名前は違うけどリンゴと同じ特徴だ。

リンゴ好きの僕としては食べてみたいし、購入する候補に入れておこう。

「あれは～？」

今度は、赤い小ぶりな果実を指さした。

「あれはベリーの実だね。エルパより酸っぱいから、エルパのほうが少し人気みたいだね。僕は食べたことないからわからないけど」

うん、見た目も説明もイチゴっぽいね。イチゴ。

前世で見た食材と同じような名前もあれば、まったく違う名前もあるんだ。でも、味とか見た目は同じみたい。魔物がいる世界でも、植物は似るものなのか。

他の果物も並んでいるけど、レオンのお財布事情を考えると、このどちらか一つに絞られそうだ。

リンゴとイチゴ。どっちもおいしいけど、僕の今の気分は……

「にーに！　エルパたべたい！」

「わかった。一緒に買おうか」

レオンは、僕の手を引きながら、エルパを売っている店の前に立った。

「エルパを一つ」

「三十リエだよ」

レオンは、懐から銅色のお金らしきものを三枚取り出して渡す。

ほほう。銅貨一枚で十リエか。前世の頃と価値が同じと考えると、一リエは十円くらいかな？

自分でも買い物することがあるかもしれないし、覚えておこう。

レオンが、エルパを一つ取り、僕に渡してきたので、僕はそれを受け取ってがぶりと噛みつく。

味は、前世で食べたリンゴと変わらないどころか、こちらのほうが甘味が強くておいしかった。

これで三百円は安い！

「にーに、エルパおいしい！」

僕が無邪気に喜んでいると、エルパの店のおばさんがふふっと笑いながら説明してくれる。

「甘いだろ？　これは、ローツェンっていうここよりも北の土地で採れたものなんだが、その土地に満ちている魔力がエルパの甘味を強くしているんだ」

魔力が食べ物に影響を与えているのかな。

植物には魔力を与えたほうがいいのかもね。僕が育てるかはわからないけど、機会があった時のために覚えておこう。

「ルイはまだ三歳だから、そんなこと言われてもわからないと思いますよ」

「ははっ。そうかもね」

「う～？」

本当は理解できているけど、僕はすっとぼけた声を出した。

初めてのお出かけから一週間。
今日はレオンがおらず外出できないため、僕は部屋で母さんの針子の仕事を見学することにした。

今は、領主のお嬢さまのドレスを仕立てているらしい。

お嬢さまのドレスを任されるということは、母さんの腕前は相当なものなんだろう。

「かーさんは、どうやってこのもようつくってるの？」

その腕前の秘密が気になった僕は、母さんの仕事を覗き込みながら聞く。

「練習したのよ。元々、裁縫のスキルを持っていたのもあるけどね」

「すきう？」

あっ、るが上手く言えなかった。

子どもの口だと、時々こういうことがあるから困る。

でも、母さんには伝わっていたようで、ふふっと微笑みながら教えてくれた。

「スキルはね、その人が元々持っているものだったり、練習したりして使えるようになるの。ルイにも、何かあるかもしれないわね」

「どーやってわかるの？」

「少年式や少女式で調べるの。その後は、お金を払えばいつでも調べることができるわ」

ということは魔法の適性を確認する時に、一緒に知ることができるのかな。

それにしても式以外だと有料かぁ。それくらい、サービスしてくれてもいいような気がするけど。

スキルかぁ……ちょっと使っているところ見たいかも。

「すきるは、どーやってつかうの？」

「魔法と同じように魔力を使うのよ。見せてあげようか？」

「うん、みたい！」

僕が期待を込めた目で見ると、母さんはドレスを置き、小さい布切れを取り出した。

お嬢さまに献上するドレスを使って、お試しでスキルを見せるのはさすがにできないみたいだ。

母さんは一息つくと、針の穴に糸を通して針を布に刺した。

その直後、母さんの腕が止まることなく、みるみると模様を作り上げていく。

さっきは、かなり丁寧な手つきだったけど、今はロボットのような素早さだ。

五分も経たないうちに、美しい薔薇(ばら)の刺繍(ししゅう)ができあがってしまった。

「わぁ、しゅごい！」

「これは『刺繍』というスキルなの。これを使うと、頭の中に思い浮かべた複雑な模様を、素早く、正確に仕上げることができるのよ」

「ほわぁ～……！」

本当に機械みたいな正確さだ。量産品を作るには便利な力かもしれない。

でも、なんでお嬢さまのドレスには使わないんだろう？

僕がドレスのほうをじっと見たことで、母さんは僕が考えたことを察したみたいだった。

「ああ」と笑ってから説明してくれる。

「一度縫(ぬ)ったことがある模様しかできないのよ。あの方は、毎回違うデザインを求められるから」

「へぇ～」

一瞬困り顔になっていたけど、そうやって新しいデザインを考えられる母さんはすごいと思うけどね。

「う～ん……」

母さんの刺繍を見せてもらった数日後、部屋に戻った僕は頭を悩ませていた。

どうやったら、スキルが手に入るんだろう？

せっかく魔法のある異世界に転生したんだから、チートじゃなくてもスキルの一つや二つは使ってみたい。異世界に来たんだという実感を味わいたい。

母さんのような裁縫スキルは、練習すれば手に入れられそうだけど、三歳児にそんなことさせてくれないだろうし……

「まずは、まほうからかな」

欲張っても仕方ないと、僕は最近新しい日課になった魔法の練習を始めた。

レオンの魔法を何度も見ているうちに、我慢ができなくなって、一人で練習するようになっていたのだ。最近は、ある程度成長したことで、一人になれる時間がかなり増えたのも大きい。

部屋で昼寝したふりでもすれば、簡単に出ていってくれる。

とはいっても、魔法を習得するやり方なんて知らないので、前世のファンタジー小説などの知識をもとに、今はいろいろと試行錯誤している状態なんだけども。

今までやったのは、呪文っぽいのを呟いてみたり、手に魔力を集めてみたりしたくらい。

……うん？　成果？　使えなかったよ。

手に魔力を集めようと意識した時に、温かいような冷たいような、変なものを感じたので、それが魔力かなって思うくらいの進捗状況である。

でも、それでめげる僕ではない！

今日は魔力循環というものに挑戦するつもりだ。ラノベで体内の魔力を感じ取って、循環させるという方法は知っていた。

感じ取るところまでは、多分できているので、循環にチャレンジだ。

ぐるぐると巡らせばそれっぽくなるかなと思って、まずは手に魔力を集めることにした。

指が温かいような、冷たいような感覚になったところで、それを腕の付け根辺りまで戻す。

慣れていないからか、だいぶゆっくりだけど、何かが腕のほうに移動してるのが感じ取れた。

五分ほどで、腕の付け根まで移動できたのを確認して、今度は頭のほうに送り込もうとする。

「うっ！」

首の辺りまで来たところで、頭がくらっとして、前のほうに体の重心が傾いた。

倒れる――と思ったけど、手で支えたので、頭をぶつけなくて済んだ。

でも、魔力らしき何かは塵のように消えてしまった。

今のはなんなんだろう？　循環させたらいつもこうなるのか？

それとも、僕のやり方が間違ってる？　う～ん……わからない。

「じゅんかんはちがうのかなぁ……？」

それなら、他にどんな方法があったっけ……？

それとも考えは合ってるけど、やり方がちがう？　うむむ……

「よし！　とりあえずやれるだけやってみよう！」

考えるだけ無駄だと判断した僕は、もう一度循環を試したり、前にやっていた呪文を唱える練習をしたり、再び試行錯誤した。

その結果――

「ルイ～！　もう起きてる……ってどうしたの⁉」

「からだ……あつい……」

三十分くらいして、高熱を出した状態の僕がレオンに発見されることになった。

◇　◇　◇

寝込んでいる僕を囲んで、母さんと父さんが僕の顔を覗き込んでいる。

レオンはこの場にいなかった。何か用事でもあるのか、席を外しているようだ。

「ルイ……大丈夫？」

「風邪か？　前に出かけた時に、病気をもらってきたのかもな」

父さんが、僕のおでこに手を置いた。父さんの手、冷たくて気持ちいいなぁ……

「かなり熱が高そうだ。レオンはまだか……？」

父さんは、ドアのほうを見てそわそわしている。

母さんが父さんをなだめるように言う。

「ここから医者のいる治療院までは、それなりに距離があるもの。時間がかかるわよ」

どうやら、レオンは僕のために医者を呼びに行ってくれたらしい。

なんか、申し訳ないな。

「母さん、父さん、遅くなってごめん！」

両親の会話から数分くらいして、レオンが帰ってきた。

そして、僕のほうに駆け寄って手を握ってくれる。

「ルイ、大丈夫……？」

「へーき……だよ」

朦朧とする意識を奮い立たせながら、僕はレオンににこりと笑いかけた。

でも、レオンは苦虫を噛み潰したような顔をした。

「話していたのはこの子ですか？」

そう言って、白い外套を纏ったおじいさんが入ってくる。

この人が医者なのかな。

「はい。レオンが言うには、三十分ほど前から急な高熱が出たようで……下がる気配がないんです」

「なるほど……」

母さんの説明を聞きながら、おじいさんはレオンから僕の手をさりげなく取り上げ、手首に指を当てる。

脈でも測ってるのかな？　この世界の医療の常識がわからないから、何しているかもわからない。

「これは……」

おじいさんは、何かに気づいたようにはっとした。そして、険しい顔で父さんたちを見た。

「失礼ですが……彼に魔法などを教えていませんよね？」

「まさか！　そんなことしていません！」

「そんな危険なことをさせるわけがないでしょう！」

母さんと父さんが慌てて否定する。

危険……何が？　確かに、魔法は人を傷つけるかもしれないから、子どもに教えるのは危険かもしれない。でも、九歳のレオンは六歳から三年間問題なく使っている。

六歳と三歳で、そんなに危険度が違うものなのかな……？

「レオン。あなたも教えたりなんてしてないわよね？」

レオンからは教わってない。だからこそ、独力でなんとかしようとしたわけだし。

「う、うん。見せたことはあるけど、教えてないよ！」

レオンがキッパリと言いきったのを見て、父さんたちが深く頷いた。

全員でおじいさんを睨み付ける。それは、疑われたことに対する不満ではなく、僕のことに対する心配や不安から来ているみたいだった。

おじいさんは、三人の視線に怯えたり憤（いきどお）ったりする様子もなく、ただ考え込んでいる。

「だとすると、かなり厄介ですね……」

納得したようにぶつぶつ言うけど、説明が欲しい。

一体、僕はどうなってるの？

「あの、ルイはどうなんですか？　なんで魔法のことを尋ねたのでしょう」

母さんが至極当然の質問をしたが、おじいさんは答えない。

「ひとまず、治療が先です。少し痛いでしょうが、我慢してもらうしかない」

そう言って、おじいさんは僕の手首を指で強く押してくる。

それ自体はそんなに痛くなかったんだけど、その後に何か手首に変なものを感じたと思ったら、すぐに激痛が走った。

「いたい！　あつい！　はなして！」

それは、チクチクなんて生易しいものでなく、まるでナイフで刺されたような感覚だ。

少しどころじゃないんですけど！　今すぐ逃げ出したいくらいに痛いんですけど！

でも、おじいさんも僕の反応を想定していたのか、しっかりと体を押さえつけられたので逃げられない。さっきの高熱なんて比べ物にならないくらいに体が熱い。まるで燃やされてるみたいだ。

「ル、ルイ！」

レオンが心配する声が聞こえるけど、それを気にする余裕がない。

いつになったら終わるの……！

そう思っていると、ようやく痛みと熱が収まってきた。そんなに時間は経ってないだろうけど、僕には十分くらいは続いたように感じた。

痛みと熱に耐えていたからか、どっと疲れが襲ってくる。まだ全身にズキズキとした痛みと熱が残っていて、なかなか眠りにはつけない。

「これで今は大丈夫なはずです」

ぼんやりとした意識の中で、おじいさんの声が聞こえる。

おじいさんのほうに顔を向けようと、ゆっくりと頭を傾けようとすると、おじいさんが視界に入る前に、何かが視界を覆う。

それが誰かの手だと気づくのに、そう時間はかからなかった。

「ちょっと！　ルイに何したの！」

レオンが怒鳴る声が耳に響く。どうやら、僕が痛がっていたから、僕を庇おうとしてくれたらしい。全部終わったあとにやっても意味ないと思うけど。

「魔力を沈静化させただけですよ。ルイくんは、魔力暴走の状態にありましたから。軽めではありますが」

「魔力暴走……？　でも、それは――」

母さんが信じられないとばかりに目を見開く。

魔法がある世界だから、この世界特有の病気もあると思ってた。母さんのリアクションからして、これは珍しいものか危険なものみたいだ。

「ええ。本来なら、魔力の多い貴族がよく起こす症状です。魔法を使おうと魔力を動かす時に、膨大な量を一気に動かしてしまって、魔力が行き場を失い現れますから」

丁寧に説明してくれるお陰で、僕は現状を理解することができた。

どうやら魔法を使おうとあちらこちらに魔力を動かしていたことで、発熱してしまったらしい。

そして、僕の魔力量は貴族と同等以上らしい。いわゆる、転生チートというやつだろうか。

母さんが信じられないという顔をしているのは、貴族のみに起こる症状と知っているからだろう。

「で、ですが、魔法の練習をしないと暴走しないのでは？」

父さんが慌てたように尋ねるけど、おじいさんは首を横に振った。

「あまりにも膨大な魔力を持つと、ごく稀（まれ）に感情の起伏によっても魔力が暴走するケースがあります。ルイくんはまだ幼いですから、こちらの可能性がありますね」

感情に左右されることもあるのか……僕は多分、魔法を使おうとしたのが原因だと思うけど、一応気をつけておこう。魔法の特訓もしばらくやめよう。特訓のたびに倒れてたら話にならない。

「対処としては、魔力を抑制する魔道具を身につけるのが一般的ですが……」

「魔道具は高価ですから、私たちでは買えませんよ」

「ええ。ですので、もう一つの方法を取ります」

おじいさんがそう言って再び僕の手を取る。

また痛いのが来るのかと身構えると、痛みはなく、体の熱が少しずつ抜けていく感覚があった。

「ひとまず、魔力を少し放出させておきました。これでしばらくは暴走しないはずです。といっても、一時しのぎにしかなりませんが」

この熱は魔力なのか……確かに、熱が抜けたお陰でだいぶ楽になった。

体の負荷が減ってきたからか、疲れきっていた僕はそのまま気を失うように眠りについた。

◇　◇　◇

発熱から数日後。僕の体調はみるみる回復し、普通に歩き回ることもできるようになっていた。

同時に、僕の生活も変わった。まず、家族が付きっきりで側にいるようになり、一人の時間がなくなった。そして、僕の反応にいちいち過敏になってしまったのだ。

僕が「あっ」と何気なく発した言葉にも慌てて理由を尋ねてくるし、僕がちょっとしたお願いをしたらすぐに叶えてくれるという甘やかしも始まった。

僕は僕で、今回の件で反省して、魔法の練習をやめて、少年式までちゃんと待つことにした。家族にこれ以上心配かけたくないしね。

その代わりと言ってはなんだけど、レオンや両親に魔法を見せてもらうようにおねだりすることが増えた。そこでわかったことは、父さんは赤魔法が使えて、それを食堂でも生かしていること。

それから――母さんが白魔法を使えるということ！

母さんは白魔法の力を刺繍に込めることで、領主一家を病気や怪我から守ってるんだとか。貴族お抱えの針子になるのも納得だ。母さんの刺繍の腕がいいのもあるんだろうけど。

ちなみに、母さんは緑魔法も使える。白魔法ほど強くはないらしいけど。

「ルイ、そろそろ行くわよー！」

「はーい！」

母さんの呼びかけに僕は大きく返事をして、ささっと駆け寄った。

行き先は、通うのが日課になってきたとある施設。平民たちが利用する治療院である。

清潔感のある白い建物の中に入って、目的の人物に会いに行く。

「おじいさーん！」

「おお。来たか、ルイくん」

それは、僕の魔力暴走を止めてくれたおじいちゃん先生である。

この人には、あれから僕の魔力を調べてもらって、もし暴走の兆候が見られたら、鎮めてもらっている。魔道具が使えないから、この人に頼るしかないんだよね。

特に薬を使うわけでもなく、先生に疲労がたまるわけでもないため、他より格安で引き受けてくれている。ありがたい限りだ。

暴走を鎮めるといっても、兆候が出た時にやってもらうので、鎮める時も以前のような痛みや熱さを感じることはほとんどない。ぬるま湯に手を突っ込んでいるくらいの感覚だ。

そんなわけで、以前のように泣き叫ぶことはなく、ただぽけーとするだけだった。

そんな日々が一カ月ほど続き、先生がいつもと同じように僕の手首から手を離したのを確認して、席から立ち上がる。

そこで、「ちょっと待ってくれ」とおじいさんが急に僕を呼び止めた。

「ルイくんさえよければ、選定の儀を受けないかと思ってね」

「ふぇっ⁉」

僕は心底驚いた。だって、選定の儀は少年式を受けられる六歳にならないとできないはずだ。なんでこんな提案をしてくるのだろう。

驚いたのは僕だけではないようで、付き添いの母さんも目を見開いていた。

「ルイはまだ三歳ですよ⁉　魔力暴走もあったんですし、魔法は……」

「ああ、勘違いさせたのでしたら申し訳ありませんが、私が調べたいのは、ルイくんの魔力量とスキルの有無です。魔法を教えるつもりはありませんよ」

「魔力量はともかく……スキルの有無ですか？」

僕も同じ疑問が浮かぶ。

暴走を超こすくらいの僕の魔力量がどんなものか気になるのはわかるけど、なんでスキルまで？

「通常は平民……しかも、少年式も終えていない子どもが魔力暴走を起こすことは滅多にありません。遺伝でないのであれば、スキルによる影響の可能性もありますので、調べておきたいのです」

「スキルが魔力に影響していると……？」

僕もそんなのは聞いたことがない。母さんが戸惑っているのを見ると、一般に知られていることではないらしい。

「例えば、常時発動している『魔力強化』のスキルは、魔力を強める効果がありますから、少ない魔力量で暴走することがあります。他には『成長促進』や『魔力変換』などのスキルでも、魔力量を増幅させることがあるので、それらが暴発して魔力暴走を引き起こしてもおかしくありません」

ほほう？　つまりは、特殊なスキルがあれば、魔力量が特別多いせいではないかもしれないってことね。それは、ただ魔力量が多いよりは納得できるかも。

この世界では、平民で魔力量が多い人は、ほとんどが貴族の先祖返りと言われるほど、魔力量は遺伝の影響が大きいらしいし。それを把握するためなら調べてもらったほうがいいかも？

「かーさん、やってもいい？」

「……そうね。危険がないなら、やってもらいましょう」

「では、準備をしてきますので、ここで少しお待ちください」

それからおよそ十分後。先生がガラス板のようなものを持って戻ってきた。

覗き込むと子どもの顔が映る。

これって、僕？

髪色とかは自分で見ることができたけど、家に鏡がなかったので、顔は知らなかった。

子どもだから当たり前だけど、全体的に丸っこく可愛らしい顔立ちをしている。女の子みたい。

髪色は母さん譲りのダークブラウンに、瞳は父さん譲りの黒。見事に、地味な色を受け継いでしまったらしい。レオンはきれいな色を受け継いだのに！

まさかこんなところで僕の顔を初めて見ることになるとは。

「ルイくん、これに触ってみてくれるかな」

「うん」

僕は言われた通りにその鏡に触れた。すると、その鏡が赤くキラキラ輝き出す。

うわっ！　何これ！

「……やっぱりか」

先生は、その光を見て納得したように呟く。

あの、一人で納得してないで、説明してくださいよ。

僕がじとっと先生を見ていると、母さんがおそるおそる言葉を発する。

「あの、魔力量はどうなのですか？　かなりの光のようですが……」

あっ、これで魔力量も調べてたんだね。それならそうと最初から言ってほしかったよ。

それに、何がやっぱりなんだろう？

「平民にしては多いほうですが、魔力暴走が起こるほどではありません。やはり、スキルのほうに原因がありそうですね」

あっ、そうなんだ。ちょっと残念な気もするけど、僕が有り余る力を持っても宝の持ち腐れになりそうだし、ほどほどでいいだろう。

そして、母さんの言葉から察するに、光の強さが魔力量の多さで、光の色が使える魔法の種類なんだろう。赤色になったということは、僕は赤魔法が使えるのかも。

魔法の使い方を学んだら、火熾(おこ)しでもしてみようか。

「ルイくん。今度はこれを覗いてみてくれるかい」

名前を呼ばれて、僕は考えごとをやめた。

先生が持っているのは、虫眼鏡みたいなもの。

なんだこれと思いながらも、言われたように覗き込んでみる。

……あれ？　何も見えない？

虫眼鏡ならレンズを通したものが拡大して見えるはずだけど、拡大どころか向こうの景色が真っ暗で何も見えないのだ。そのまま僕が目を細めて凝視していると、不意にレンズが持ち上がり、先生と目が合った。どうやら、検査が終わったらしい。

「あの、どうだったのですか」

母さんが再びおそるおそる尋ねる。

さっきまでの話で、魔力暴走の原因がスキルにある可能性が高いとわかってるから、僕もちょっと不安だった。でも、魔力量がたいした問題はないと言われたからか、スキルもそこまで特殊なものではないだろう。

僕がそんな期待を込めて先生を見ると、何やら深刻そうな顔をしている。

それを見て、僕は察した。

これは……期待が裏切られたパターンだと。

「ルイくんは、スキルを持っていました。それも、強力なものや私の知らないものを」

……へ？

僕は呆気に取られた。

先生の反応から、何か持ってると思ってたけど、複数!?　一個あれば充分なんですけど!?

それに、先生が見たことないものってどういうこと!?

「なにがあったの？」

僕は詰め寄るようにして尋ねる。

母さんが制止してくるけど落ち着いてなんかいられない。

先生はきょとんとしていたものの、優しく説明してくれた。

「ルイくんには『魔力強化』『複製』『複合』の三つのスキルがあるようです」

「『複製』って、あの伝説の!?」

母さんが声を荒らげるけど、僕は首を傾げた。母さんの言う伝説が何か、さっぱりわからない。

有名な昔話でもあるのだろうか？　それとも、神話か何か？

どっちにしろ、ヤバいスキルではありそうだ。

「おそらくはそうでしょう。また、ルイくんの魔力が暴走したのは『魔力強化』が原因だと思われます。あの英雄も制御に苦労したと聞いていますから」

「でも、ルイはそれに加えて珍しい『複製』のスキルも持ってるんですよね？」

「ええ。『複製』は、所有者が見たことがあって、理解できれば、生き物以外……つまりは物や魔法、またはスキルすらも作り出すことができます。私が知ってる中で『複製』を持つ者の出現は百年前の記録が最後ですね」

はっ？　えっ？　えいゆう？　えいゆうって、英雄？　それに百年前から現れていないって……

情報量が多すぎて、全然ついていけない。

「最後の『複合』は、見たことも聞いたこともありません。はたして、どんな力なのか」

最後にいたっては手がかりすらないの!?

『複合』が僕の知っている意味なら、二つのものを一つにするって感じなんだけど、何に使うスキルなんだろう。二つのものを合体させる錬金術みたいなことができるんだろうか？

「あの……ルイはどうなるのでしょうか？」

「そうですね……『魔力強化』に加えて『複製』を持っていますから、学園入りは間違いないと思います」

母さんはものすごくショックを受けていたけど、その理由が僕にはさっぱりわからない。

「かーさん。がくえんってなに？」

くいくいと母の袖を引っ張りながら聞いてみるけど、応答はない。

どれだけショックなの？　学園って、普通に考えたら学校のことだと思うけど、そんなにヤバイところなのかな。

「学園というのは、十歳から十三歳までの子どもが行く場所のことだよ」

「なんでいくの？」

「お勉強するんだよ。力を悪いことに使わないようにね」

ふむふむ。前世の義務教育の学校とは少し違うのか。訓練学校のようなものかもしれない。

「かーさん。ダメなの？」

「ルイが行きたいなら行ってもいいけど……でも」

母さんは行ってほしくなさそうだった。

先生が代わりに説明してくれる。

「学園は、都の中心にあるんだ。だから、今の家から通うことはできない。寮という別のお家に行かないといけないんだ」

寮？　それって……

「……かーさんは？　とーさんは？　にーには？」

僕の問いに先生が答えた。

「まったく会えないわけじゃないけど、今みたいに毎日は難しいね。歩いていくには時間がかかるし、馬車はお金がいるから」

「じゃあやだ！　いかない！」

ようやくこちらの生活にも慣れてきて、一緒にいてくれる家族もできたのに、どうして離れなければいけないのか。中身は大人でも、心の根っこはまだ子どもなのだ。

家族か学園なら、家族を選びたい。

先生がなだめるように言う。

「でも、間違いなくここの領主さまはルイくんを学園に入れたがるよ。ルイくんにはそれだけの価値がある」

「ぜったいにいや！」

僕は、母さんにぎゅっとしがみつく。母さんも抱きしめ返してくれた。

「……どうにか、できませんか？」

「ひとまず、私から領主さまに報告するのは見送りますが……少年式を行えば知れ渡りますよ」

「……わかりました」

母さんは、諦めたようなため息をつく。異世界生活も、のんびりは難しそうだな。

◇◇◇

検査の翌日、僕は現状を整理してみた。

強い力があるだけならまだしも、未知の力もあって魔力も平均以上とは思わなかった。

この結果だと、学園入りは決定だという。こういう検査は不正など起きないように厳正に行われるものだろうし、誤魔化すこともできないだろう。

ただ、基準が年齢だったら諦めもついたかもしれないが、スキルの有無や内容で決まるってなによ。しかも、親は一緒に来れないなんて、そんなことがあるのだろうか。魔法があるこの世界は、絶対に地球よりも危険だと思うのに、保護者の同伴がＮＧなんて、そんなことがある？

だぁー！　どれだけ考えても全然納得できない！　こんなスキルなんぞ捨ててしまいたい！

「……ルイ。ちょっといい？」

母さんがドアを開けながら声をかけてきた。

ノックしてよ、ビックリするから！

「……かーさん？　どしたの？」

ベッドに突っ伏して悶々（もんもん）としているという幼児らしからぬ姿を見られたかと焦りながら応答する。

「近いうちに、領主さまのところに行きましょう」

「りょーしゅさま？」

僕は理解できないふりをして首を傾げるけど、内心はめちゃくちゃ焦っていた。

なんで!?　なんでそうなった!?　母さんも学園に行くのには反対派だった気がするのに。

「ええ、とっても大きなお家に住んでる人よ。ルイのことをお話ししたいと思ってるの」

「こわいこと、ない？　ルイ、かーさんといっしょがいい！」

「大丈夫よ。悪い人じゃないから」

そう言って、母さんは僕を優しく抱きしめる。

その温もりには、いろいろな感情が混じっているように感じた。

母さんも悩んだんだ。悩んで悩んで、この結論を出したんだと思う。

そうなると、僕もわがままは言えない。

「うん。いく。かーさんもいっしょ？」

「ええ、一緒よ。それじゃあ、領主さまの時間が取れたら行きましょう」

「あーい！」

領主さまか。どんな人かはわからないけど、嫌な人じゃなければいいな。

第二章　変わりゆく日常

今日はレオンとお出かけである。

領主さまとの面会は、領主さまのスケジュールが空いてからとのことでまだまだ先になるらしく、早くても半年は先らしい。領主さまは忙しいから仕方ないね。

それまでは、僕のスキルのことは公表せずに、普通に暮らそうと決めた。なるべく隠すように意識しないと。

「にーに、どこ行くの？」

「今日はみんなと遊ぶ約束してたから、ルイも一緒にどうかなって思ってね」

「あそぶの⁉」

僕はパアッと顔を輝かせる。

前世で鍵っ子だった僕は、お世辞にも友達は多くない。話しかけられれば話すくらいのコミュニケーション能力だ。

学校でも教室の片隅で本を読むような生徒だったくらい。だから、外で友達と遊ぶというのには、憧れのようなものがあった。

まさか、それが異世界で叶うことになるとは。

精神が子どもに引っ張られてるのもあり、自分でもビックリするくらいにわくわくしているのを感じる。

レオンのお友達って、どんな子達かな～。

家から十分くらい歩くと、林のようなものが見えてきた。

林と言ってもそこまで深くはなく、木々の隙間から向こうの景色が見え隠れするくらい。

どうやら、ここが子どもたちの遊び場のようだ。近くには商店街もあるし、民家もそれなりにある。大人の目があるようだから大丈夫だろう。

「おーい、レオン！」

レオンの名前を呼びながらこちらに走ってくる子どもがいる。

その子は、オレンジの髪に金の瞳というまるで太陽みたいな子だった。

「サン、待たせちゃったか？」

名前がサンなの!?　ますます太陽みたい。

「いや、オレはいま来たとこだから。他のやつらも待ってるぜ！」

そう言って走り出そうとしたところで、僕と目が合った。

僕は、思わずレオンの後ろに隠れた。

「そのチビはなんだ？」

「僕の弟のルイだよ」

レオンは、僕の後ろに回って僕を紹介する。

ぐぬぬ。これでは隠れられないじゃないか。

「レオンの弟かぁ〜。オレはサンって言うんだ。よろしくな」

サンくんは、僕と目線を合わせるようにしゃがむ。ニカッと笑い、手を差し出した。

僕は、差し出された手におずおずと自分の手を重ねる。

すると、サンくんがぎゅっと握りしめてきた。その手は、とても温かい。

「うん。よろしくね、サンおにーちゃん」

僕がニコリと笑ってそう言うと、なぜかサンくんが硬直する。

あれ？　何か間違ったかな？

「……なぁ、レオン」

「ダメだよ」

「まだ何も言ってないだろ！」

満面の笑みで断ったレオンにサンくんは鋭いツッコミを入れた。

レオンと同じくらいの年齢なら、十歳くらいだよね？　ツッコミが大人顔負けだよ。

「どうせ、ルイをオレにくれないか？　とか言うつもりだったんでしょ？　ルイは僕の弟だから」

「そんなこと言わねぇよ！　ルイと一緒に遊んでいいか聞こうとしただけだっての！」

逆になんで僕を欲しがると思ったのか聞いてもいいかな、お兄ちゃん。

母さんに叱責されてからちょっとはましになったかと思ったけど、中身は全然変わってないみたいだ。

「危なくないならね。ルイに怪我させたくないし」

「そんな危なくねぇよ。ただのフェラグだし、お前が一緒にいれば大丈夫だろ」

フェラグってなんですか？　聞いたことないんですけど。

「それならいいけど……」

いや、説明して？　僕の理解が追いついてないから。

「にーに、ふぇらぐ、なーに？」

「ああ、フェラグって言うのはね、フェルとラグに分かれて……」

レオンは、わかりやすく説明してくれる。

いわく、フェラグというのは鬼ごっこのようなもので、フェルが逃げてラグが追いかける。

フェルというのは、昔の言葉で妖精という意味で、妖精がラグというキツネみたいな姿をした神の使いにいたずらをしたところ、ラグにずっと追いかけられたという昔話を元にしているのだという。

「ルイ、ふぇるやるー！」

「その前に、他のやつらに会ってからな」

あっ、まだいたのね。言われてみれば、鬼ごっこを三人でやるわけがないか。僕がいなければ二人だったわけだし。

「ほら、こっちだ！」

「ちょっとサン！」

レオンの制止を振りきるように僕の手を引いて、サンくんは走り出す。だけど、僕とは歩幅が違いすぎて何度も体がふらつく。

おおー！　こけるこける！

ついに足がもつれてしまって、そのまま地面に顔をぶつける——そう思って目をつぶったけど、なぜか衝撃が来ない。

おそるおそる目を開けると、誰かが僕を支えていた。いや、誰かなんてわかりきってる。こんなことをしてくれるのは一人しかいない。

「ちょっとサン！　危ないでしょ！」

支えてくれたのは、レオン。やっぱりいざという時は頼りになるね、お兄ちゃんって。

「ご、ごめん。次は気をつけるよ」

「ルイ、にーにといく！」

もうこんな思いはごめんだ。レオンにぎゅっと抱きつくと、レオンも抱きしめ返した。

「そんなに言うなら仕方ないな～。一緒に行こうか」

「……ひとりでいく」

デレデレしたレオンに危機感を抱いた僕は、スッとレオンの側を離れた。

ショックを受けたようなレオンを置いて、僕はサンくんのあとについていった。

サンくんとともに、僕とレオンは他のお友達と合流する。

そこには、二人の女の子と一人の男の子がいた。

「待たせたな～」

サンくんが声をかけると、みんなが駆け寄ってくる。

「サン！　今日はやけに遅かったじゃんか」

「いや～、なかなか起きられなくってさ～」

「サンはまともに起きられたことなくない？」

「そんなことねぇよ！」

サンくんが他のみんなと楽しそうに話していて、僕とレオンは完全に蚊帳の外だった。

このままでは、また僕に気づくまで待たないといけなくなってしまう。

「サンおにーちゃん。このひとたちだーれ？」

僕がサンくんの服を引っ張りながら尋ねたことで、他の三人も僕に気づいたみたい。

「この子誰？」

「レオンの弟だってよ。ルイって言うんだ」

「えっ！　レオンに弟がいたの!?」

レオンに聞いてないぞと詰め寄っているけど、レオンは「言ってないからね」とへらへらしている。

「わたしはリタって言うの！　よろしくね、ルイくん」

「リタおねーちゃん？」

転生してから女の子に会うのは初めてだ。第一印象を良くしておこうと可愛らしく名前を呼ぶと、リタちゃんはぎゅーっと抱きついてきた。

「かーわいいー！　レオン、わたしにこの子ちょーだい！」

「ダメに決まってるでしょ！」

リタちゃんには渡さないとばかりにレオンが僕を抱きしめる。

リタちゃんはなぜか不満そうだ。まさか、本当に僕を欲しがる子どもがいるとは思わなかった。

「僕はトール。よろしくね、ルイくん」

「うん。トールおにーちゃん」

トールくんが差し出してきた手を握り返す。トールくんは普通の子みたいだな。

「わたしはリリーよ。レオンの弟なら仲良くしてあげるわ」

嬉しいでしょう？　とでも言いたげだ。最後に一番おませな子が来ちゃったよ！

「ありがとー、リリーおねーちゃん」

個人的に苦手なタイプだけど、それで差別するのはよくないので、リリーちゃんにも愛想よくしておく。

リリーちゃんは、動揺しているみたいだけど、拙く僕の頭を撫でてくれる。悪い子ではなさそうで安心だな。

「自己紹介も終わったし、フェラグやるぞ！」

「ルイ、ふぇるやるー！」

遊ぶ人が揃ったので、再び同じ台詞を言うと、みんながいいよーと了承してくれた。年下に優しいなぁ、みんな。

「じゃあ、僕もフェルやるよ。ルイを見てないといけないし」

僕がフェルをやることで、必然的にレオンもフェルをやることに。

一緒に逃げきろうじゃないか、お兄ちゃんよ。

「じゃあ、あとは二人くらいフェルをやればちょうどいいな」

「なら、わたしがやるわ！」

「僕はどっちでもいいよー」

「わたしはラグがいいな～」

その後の話し合いの結果、フェルは僕とレオン、リリーちゃん、トールくん。鬼役であるラグはサンくんとリタちゃんになった。

「じゃあ、二十秒数えるからその間に逃げてくれ」

「「はーい」」

サンくんとリタちゃんが目を隠しながら数え始めると、みんなが一斉に散り散りになる。

よし、捕まらないようにどうにか逃げきってやる！

「ルイ、僕たちも行くよ」

「あーい」

レオンと手をつないで、僕も逃げ始めた。

逃げ出した二十秒後。ラグが行動を開始する。

いくら向こう側の景色が見えるからと言って、この林はそこそこの広さ。

そう簡単には捕まらないと思う。

でも、周囲の警戒は怠らない。

レオンも、周りをかなり警戒しているみたいだ。遊びには本気になるタイプなのか。

「にーに、がんばろーね」

「うん。でも、リタがいるから難しいかもね」

「リタおねーちゃん？　なんで？」

もしかして、体力があるのかな？　それとも、見つけるのが上手とか？　隠れたものをすぐ見つける的な。

「リタは『疾走』っていう足が速くなるスキルを持ってるからさ。そのスキルって常に発動してるやつだから、見つかったらまず捕まるよ。意識して使わないようにすることはできるみたいだけど、そんなことする理由はないしね」

「えー!?」

何その鬼ごっこ最強スキルは！　スキルって技術みたいなものかと思ってたけど、そういうパッシブみたいなものもあるの!?

でも、僕の『魔力強化』もパッシブだと考えると、こういうスキル自体は珍しくないのかも。

「レオンとルイくん、みーつけた！」

大きな声が後ろから響く。僕とレオンが振り返ると、子どもとは思えないスピードで迫ってくるリタちゃんがいた。

「にーに、にげなきゃ！」

「う、うん！」

僕とレオンは慌てて走り出す。でも、さすがは『疾走』というだけはある。ぐんぐんと距離が縮まっていく。

僕は必死で思考を巡らせる。リタちゃんはスキルの力で足が速くなってるだけだから、体力がつきたらスピードは落ちるはず。

でも、その前に間違いなく追いつかれる。こちらにも、『疾走』みたいなスキルがあればいいのに——と思ったところで、ふと思いついた。

僕の『複製』って、スキルもコピーできるんじゃなかったっけ？

おじいさんは、生き物以外なら、たとえ魔法でもスキルでもコピーできちゃうって言ってた気がする。

……じゃあ、『疾走』もコピーできるんだろうか？

ものは試しだ。できなかったところで、捕まるだけだし。

僕は、母さんがスキルを使っていた時のことを思い出す。

確か、魔力を使うことでスキルが使えるはず。魔力がなんなのかは一度感じ取ったことがあるからわかる。

また倒れたりしないように、今度は『魔力強化』の存在を意識して、少なめになるように意識を集中させる。

『疾走』を『複製』！

すると、ガクッと力が抜ける感覚があってふらついてしまう。

幸いにも、力が抜けるのと倒れるまでにタイムラグがあったお陰で、手を使って受け身を取ることができた。

「ルイ、大丈夫⁉」

「うん、へーき。いこ、にーに」

僕はすくっと立ち上がって、再び走り出す――と、先ほどとは比べ物にならない速さで走り出してしまった。

突然のことすぎて、レオンの手を離し、一人で走り出してしまった。

「あわわわわ‼」

ちょちょ、速い速い速い！　ストップ！　ストーップ！

僕が強く念じると、僕の足はピタッと止まった。そして、その反動でバタンと倒れてしまう。

はぁ……怖かった。

「ル、ルイ、大丈夫？」

「痛くない？」

すぐさま駆けつけてくれたレオンとリタちゃんが起こしてくれた。

「うん、ビックリしただけ」

ちょっと顔がじんじんと痛むくらいで、目立った外傷はないように見える。

いやぁ～、『疾走』があそこまでのスピードを出すとは思わなかった。リタちゃんは慣れてそうだったけど、あれが普通だったからなんだろうな。

「それよりもルイ。どうして急に足が速くなったの」

「うんうん。わたしの『疾走』みたいだった！」

うん、やっぱり気になるよね。僕も、まさか成功してあんなにスピードが出るとは思わなかったんだ。

「つかまりたくなくてがんばったの！」

僕、子どもなんでわかりませ～ん。

えっへんと誇らしげにそう言うと、リタちゃんは「すごーい」と褒めてくれる。

でも、レオンは訝しく思っているようだ。母さんから何か聞いてるのかな。

「とりあえず、ルイのケガとか見ないといけないから、僕たちはもう帰るね」

「う、うん。みんなには言っておくよ」

「おねーちゃん、バイバーイ」

僕が元気よく手を振ると、リタちゃんも元気よく手を振ってくれた。

フェラグの翌日、僕は部屋遊びをしていた。母さんから大説教を喰らい、外遊びを禁止されたためである。

レオンが、僕が転んで顔に土がついてしまった理由を事細かに説明したので、母さんにスキルを使ったことがバレてしまったのだ。

三歳児がどうやってスキルを使ったのかとか追及されることはなかったけど、多分怪しんでいるだろうなぁ……

いや、まさか一発で成功してあんな風になるとは思わなかったんだよ。ほんの軽い気持ちでやらかしてしまったのだ。

今回は倒れずに済んだけど、あんなに気軽に使えるなら、気をつけないといけないな。

「ルイ、ちょっと聞きたいことがあるんだけど、いい？」

「はひ⁉」

母さんが入ってきて、僕は体をびくりと震わせる。

な、何を聞かれるんだ……？

「どうやってスキルを使ったのかしら？」

やっぱりそれですよねー！　わかってましたよ。

「あのね、つかまりたくなくてがんばったの！」

何もわからない子どもを演じてみる。

この言い訳はレオンたちにも使ったから、たとえレオンから話を聞いていたとしても大丈夫なはず。

「スキルは、ほとんどは使おうと思わないと使えないはずよ？」

「かーさんがやってたもん」

見よう見真似ということで誤魔化されてはくれないだろうか。

この際、僕が普通の子どもだと思われないことはいい。でも、転生者としてではなく、天才と思われるほうがまだましだと思う。

見て真似すること自体は、普通の子どもでもやることだと思うし。

「……そう。でも、もうやったらダメよ？」

「はーい」

どうやら、とりあえずは納得してくれたらしい。よかったよかった。

これからは、今まで以上に気をつけないと。

その三日後、僕は父さんが経営している食堂にやってきた。
部屋にいるのが暇すぎて、「とーさんと一緒にいた～い」と甘えたら、了承してくれたのだ。
でも母さんが、火を使う場所に幼児を連れていくのは危険すぎるとして、厨房にすぐに入るのではなく、まずは見学だけの準備期間を設けた。
準備といっても、側に椅子を置いておくだけで、ここに座ってなさいというものである。

じっとしてるのは性に合わないけど、一人寂しく部屋遊びをするよりは遥かにましだし。

そこで僕は、今日は少し早起きをして、両親が準備しているのを見ながら椅子に座って水を飲んでいるのである。

座りながらだと視線が低いので見にくいけど、今は食材を切っているところみたいだ。調理は頼まれてからやるんだろうけど、下準備は終わらせておくつもりらしい。

お肉に塩をかけて臭み取りをしていた。

「かーさん。ルイ、いらないやつたべた～い」

料理屋を営んでいるのなら当然、まかないがあるはず。今日のお昼ごはんはそれがいい。

「じゃあ、お昼はこのお肉の切れ端でも食べる？」

「たべるー！」

おお、切れ端とな。こういうのが案外おいしかったりするんだよね。

母さんも食材を捨てずに済むから一石二鳥。

「ルイ、この野菜も食うか～？」

「……うん」

僕は、誰が見てもわかるほどにテンションが下がる。この体が子どもだからか、僕はどうも野菜が苦手だ。

この世界には、地球と似たような野菜がたくさんあるけど、そのほとんどを受け付けない。味はほとんど同じなのに、ものすごくまずく感じてしまう。

子ども舌は恐ろしい。

「野菜もちゃんと食えよ」

「わかってるもん！」

詳しい経済事情は知らないけど、今の暮らしは決して裕福というわけではない。母さんが領主のお嬢さまお抱えの針子をしているお陰で他の家よりは多少いい生活ができるけど、それだけ。

ご飯を残すなど言語道断。母さんたちが、僕が食べ終わるまでずっと監視しているので、もそもそと食べるしかないのだ。

お陰で、食わず嫌いは今のところない。

でも、まずいものはまずいんだよ～。

どうにか、野菜をおいしく食べることはできないだろうか。前世では嫌いなものは残すか、どうしても食べないといけない時は他の食べ物と一緒に食べたりしてたけど、うーん……あっ、そうだ！

「かーさん。やってみたいことがあるから、あとでいっしょにやろー」

「いいけど……お仕事が終わってからね」

「はーい」

始まってもいないのに、早く仕事が終わらないかと待ち焦がれながら、準備は進み、お店は営業を開始した。

お店の営業は順調に進む。どうやら、父さんたちの料理の腕はそれなりにいいらしく、お客さんが途切れることがない。

この店を二人で回してるのはすごいなぁ……レオンも手伝えばいいのにね。見てるだけの僕が言えたことではないけど。

「ステーキお待たせしました！」

基本的に、料理は父さんが担当していて、配膳や会計などは母さんが担当しているみたいで、できあがった料理を運んでいく。

父さんも余裕ができたら食事を運んだりはしているけど、ほとんど調理している。

でも、基本的に母さん一人しかいないので、必然的に料理が来るタイミングは遅くなるし、注文も一グループずつしかできない。

ここにはタッチパネルなんて便利なものはないから、母さんが注文を覚えるしかないんだけど、誰が頼んだのかも覚えないといけないから大変そうだ。

顔馴染みの客ならいいけど、そうじゃないお客さんは顔も覚えないといけない。

これは、席番号をぜひとも導入するべきだ。それぞれ数字を割り振って、一番はステーキ、二番はサラダみたいにすれば、少しは覚えやすいんじゃないだろうか。表のようなものを作ればなおよし。

この国では紙はそれなりに貴重だから、メモには木板とかを使う必要があるだろうけど。

あとは、ビュッフェ形式とかにすれば、誰かに料理を運ぶ必要がなくなるから楽だし、お金も一律にしてしまえば計算も楽になる。でも、料理を作るのが大変だから、そういうことは考慮しないとな。

お店が終わったら提案してみよう。

また水を飲もうとしたところで、コップが空だったのに気づく。

僕は、椅子から降りて、父さんに駆け寄った。

「とーさん、みずほしい」

「おう。ちょっと待ってな」

僕からコップを受け取ると、父さんは水差しから水を入れてくれる。

その水差しの中央には青い石のようなものがあって、光が当たってキラキラときらめいていた。

「とーさん、これなぁに？」

「これは魔鉱石って言うんだ。この石が水を作ってくれるんだぞ」

「へぇ～、すごい！」

水道らしきものがないのが気になっていたけど、ここから補給していたのか。魔法があるこの世界は、いろいろと常識が違うなぁ……慣れていかないと。

「火もつけられるの？」

「いや、これは青の魔鉱石だから、青魔法しか使えないんだ」

なるほど、使えるものには限りがあると。そんな都合よくはいかないのね。なら、火を熾すには赤の魔鉱石が必要なのか。色魔法と同じ扱いなら、他にもいろいろな色があるんだろう。家にあるようなら、他にも見せてもらおうかな。

「おーい、こっち頼む！」

「こっちも！」

母さんを呼ぶ声があちらこちらから響く。大変だなぁ……でも、僕も大きくなったら手伝うことになるかもしれないし、今のうちに仕事振りを覚えておかないと。

「はい、スープとパン」

父さんがスープとパンを用意するけど、母さんはなかなか運び出さない。

……もしかして、誰が頼んだのか忘れちゃったのかな？　メモができないんじゃ無理ないけど。

「かーさん。あそこ」

僕は、少し奥のほうにある席を指差した。しっかりと母さんの仕事振りを観察していた僕は、誰が何を頼んだのかなんとなく覚えていた。

「ルイ、覚えてるの？」

「うん。ルイ、見てるだけだもん」

母さんみたいに接客したり会計したりとかしてないから、オーダーを覚えていられる。母さんも、注文だけをやってれば普通に覚えられるんじゃないかな。

母さんが僕が指差した方向に料理を運ぶ。お客さんは、待ってましたという顔で料理を受け取った。

「ありがとうね、ルイ」

「うん！」

よし、この調子で少しずつお店に貢献していこう！

◇　◇　◇

そして、閉店時間を迎えたお店は、最後のお客さんが出ていったのを確認して戸締まりを始める。

「ルイ、やりたいことがあるって言ってたわよね？」

「うん！」

あんなに忙しかったのに、約束をちゃんと覚えていてくれたらしい。さすがお母さん。

「コロッケにおやさい入れてたべたいの！」

「ころっけ……ってなに？」

やっぱり、コロッケを知らないらしい。転生してから一度も見たことないもんね。

でも、両親が多忙だった僕は前世で自分のお弁当や夜ごはんを作っていたので、料理の知識もお手のものである。今世ではやったことないから、料理の腕はわからないけど。

「ポテトをつぶしてね、まーるくして、そのなかにおやさいいれるの！」

「……それ、おいしいの？」

なるべく子どもっぽく説明してみたけど、母さんの視線は厳しい。

やっぱり、三歳児がこんなこと言い出すのはおかしいよね。

「やれるだけやってみよう。ルイが進んで野菜を食べてくれるようになるかもしれないぞ」

「……そうね」

父さんの説得で、母さんもしぶしぶ納得してくれた。

そこから、僕はたどたどしく説明する。別に子どもっぽく振る舞っているわけではなく、三歳児の舌だと、たくさん話すとどうしてもたどたどしくなってしまうのだ。

ポテトを茹でて柔らかくしてもらい、それをすりつぶす。

そして、僕の嫌いな野菜を細かく刻んでもらい、それをすりつぶしたポテトと一緒に炒めてタネにする。

今度はそれを丸く成形する作業なんだけど……

「ルイやりたい！」

手伝えるところは手伝いたいというのもあるけど、単純に成形をやってみたい。

「じゃあ、かーさんたちにお手本を見せてくれる？」

「はーい」

僕は、踏み台を用意してもらい、タネを成形していく。完全な丸でもいいけど、今回は楕円形(だえんけい)になるように成形した。

僕が成形したタネを見ながら、母さんたちも成形していく。

このあとは、本当なら小麦粉と卵とパン粉をつけるんだけど、さすがにいきなりそんなに複雑な工程を話したら、天才児どころではなくなってしまうので、揚げないコロッケを作る。

本当ならパン粉がいいんだけど、パンを削るための削り機的なものがないので、小麦粉で代用する。

次は絶対にパン粉でやってやる！

作ったタネの両面に小麦粉をまぶす。量はお好みだけど、粉っぽさがなくなるように余分な粉は落としたほうがいい。

「これをステーキみたいにジューってやるの。くずしちゃダメだからね！」

僕がそう言うと、父さんは再び火をつけて、タネを崩さないように焼いてくれた。普段からステーキを焼いているだけはあり、上手くひっくり返して両面を焼いてくれた。

「こんな感じか？」

「うん！」

僕は、いい感じの焼き目がついたコロッケを見る。中身はすでに火を通してるから、おいしそうな見た目になったらそれでオーケーなのだ。

「かーさん、たべてみて！」

せっかくなので、一番躊躇(ちゅうちょ)していた母さんに味見をしてもらう。

母さんは、おそるおそるコロッケをスプーンで小さく切り分けて口に含む。

「あら、おいしいわね」

母さんはハマってしまったみたいで、もう一口、さらにもう一口と食べていく。ちょっとちょっと！　僕の分がなくなるって！

「ルイの分！」

「あっ、ごめんなさいね」

「ルイには新しく焼いてやるから待ってろ」

父さんは笑いながら他のタネに小麦粉をまぶして焼いていく。一連の動きには無駄がなく、さすがは現役の料理人だと感心する。

少しして、父さんが新たに焼いてくれた出来立てのコロッケを食べる。

うん、おいしい！　これなら苦手な野菜も食べられそうだ。

でも、どうせならパン粉を使いたい。こうなったら、削り機を作ってもらわないと。木工屋に頼んだら作ってくれるかな。

今度、父さんか母さんに頼んでみよう。

「確かに、これはうまいな」

僕がコロッケを堪能している間に、いつの間にか三枚目を焼いていたらしく、父さんもコロッケを食べていた。

ふふん、今度はもっとおいしいコロッケを教えてあげるよ。

「おやさいじゃなくて、お肉いれてもおいしいとおもうよ！」

というか、間違いなくおいしいよ。ほとんどのコロッケにはお肉入ってるもん。

「確かに、いろいろと混ぜてみるのも面白いかもな」

「そうね。お客さんに味見してもらってもいいかもしれないわ」

「それなら、一皿二個くらいがいいかもな」

父さんたちが商売の話を始めてしまったので、僕は一人でコロッケを堪能することにした。

この調子で、いろんな料理を作っていきたいな。

第三章　領主一家との出会い

僕のスキル検査からおよそ半年、ついに領主さまとの面会の日がやってきた。

母さんが言うには、僕はただついていくだけでいいらしいけど、それでも気持ちはげんなりしてしまう。

領主さまと面会するということで、僕も可能な限りの礼装をした。

「ルイ、がんばってね」

「うん、にーにもおてつだいがんばってね」

今日は母さんが領主の屋敷に行くことになったので、レオンは母さんの代わりにお店の手伝いをすることになったのだ。

母さんが働いていない間もお手伝いをしていたらしく、顔馴染みの客には可愛がられているという話だから、そこまで心配していない。

「ルイ、行くわよ」

「はーい！」

行きたくないなぁという本音を隠し、僕は元気よく返事をした。

領主さまの屋敷は街の一番北にある。そして、僕たちの家は南寄りにあるので、本来ならまあまあな距離を歩かなければならない。

でも、今回は領主さまが特別に馬車を出してくれた。母さんのコネに感謝しないと。

ちなみに、馬車で行くのだからとお嬢さまへの新しいドレスも一緒に持っていくらしい。

馬車のお陰で、外の景色を楽しんでいるうちにお屋敷に着いてしまった。領主さまが用意した馬車なので、そのまま大きな門を通り、敷地に入る。

馬車が止まったのを確認して、僕は母さんに抱っこされて馬車を降りた。

抱かれたまま入るのは失礼だからか、馬車を降りたらすぐに地面に下ろされたけど。

「わぁ……！」

口から感嘆の声が漏れる。領主さまは貴族だから、それなりに豪勢な屋敷なのだろうとは思っていたけど、実際に見てみるとかなりすごい。

馬車の中からチラチラと見えてはいたけど、全体像は今初めて見た。

「はぐれないでね」

「はーい」

僕は母さんと手をつないで、屋敷の中に入る。正面扉はやっぱり豪華だな……

少し警戒しながら扉をくぐると、使用人が一斉に頭を下げて出迎える。動きがぴったり揃っているから、すごくかっこよくて圧倒される。

「ルーシーさま、お久しぶりです。そちらがご子息のルイさまですね」

貫禄のあるおじいさんが代表して声をかけてくる。

雰囲気からして、執事さんかな？

とても優しくて暖かい雰囲気を纏っているのに、全然隙を感じさせないのは、さすがプロといったところか。

「お久しぶりです、メルゼンさま。息子のルイです」

「ルイです。よろしく、おねがいします！」

僕が手を差し出すと、「よろしくお願いいたします」と優しく握り返してくれる。最高の執事さんだぁ……！

「こちらはお嬢さまのドレスですが、いかがいたしましょうか」

「お嬢さまへ直接お渡しください。そのほうが喜ばれると思います」

「かしこまりました」

ここのお嬢さまは母さんがお気に入りなのかな？　直接渡すのなら、お嬢さまにも会うことになりそうだな。

「では、旦那さまのもとへご案内いたします」

メルゼンさんについていきながら、僕は屋敷を観察する。

使用人たちは、僕たちを出迎えたあとは仕事に戻ったようで、調度品を磨いている人もいれば、何かを運んでいる人もいる。

視線に気づくのか、時折目が合う人もいるけど、その度ににこりと笑いかけられるので、とりあえず手を振り返している。

僕が手を振り返すと、嬉しそうな反応をしてくれるので、悪印象は避けられたようだ。

これなら、面会も上手くいくかもしれない。

「こちらにいらっしゃいます」

メルゼンさんがドアをノックする。

「旦那さま。ルーシーさまとルイさまをお連れいたしました」

「入りなさい」

部屋の中から男性の声で入室の許可があり、メルゼンさんがドアを開ける。

僕がひょこっと覗き込むと、そこには華やかな服を身に纏った男がいた。メルゼンさんよりは若そうだけど、皺(しわ)や顔つきからして、それなりに年はいっていそうなおじさんだ。

執務机と思われるところに書類らしきものが積み重なっているので、結構忙しいのかな、と他人事のように思う。

「失礼いたします」

「しつれーいたします」

母さんの真似をして挨拶をし、ペコリと頭を下げる。

「そこのソファに座ってくれ。メルゼンは下がっていい」

「「かしこまりました」」

メルゼンさんと母さんの声が揃う。メルゼンさんは音も立てずに速やかにその場を立ち去り、母さんは僕の手を引きソファに腰かける。

「話は聞いているが、改めて聞かせてくれ」

「はい、領主さま」

母さんは、丁寧な口調で説明を始める。僕が魔力暴走を起こしたところから、スキルのこと、最初は隠そうとしたことなどもすべて。

「私たちを気遣ってのことですので、医者のことは寛大なお心でお許し願います」

領主さまは、見据えるばかりで何も言葉を発しなかったけど、母さんが話し終わると静かに口を開いた。

「その検査は確かなものなのか？」

「間違いないかと思われます。スキルの効果を実感したこともございましたし、未知のスキルと称されるものもございましたので」

僕が『複製』でやらかしたことかな？　それとも、魔力暴走で高熱を出した時だろうか？

「スキルの隠匿は罪だ。罰しないわけにはいかない。だが、軽いものにしておこう」

「寛大なお心に感謝します」

領主さまの言葉に、僕もほっとする。とりあえず、あのおじいさんがひどい罰を受けることはないみたいだ。

「だが、彼のことは放っておけないな」

そう言って僕のほうを見てニヤリと笑みを浮かべる領主さまと目が合う。

僕は、ごくりと息を呑んだ。

やっぱりこうなるのか。さて、どうやって乗りきるかな……

領主さまが僕を見据えている。

三歳児がまともな受け答えをできると本気で思っているのだろうか？　それとも、僕の心を見透かそうとしているのか。

「『魔力強化』だけでも我が領地にとって益となるというのに、それに加えて伝説の『複製』まで持っているのだろう？　それを捨て置くわけにはいかない」

やはりというかなんというか、領主さまは僕に相当価値を見出しているようだ。放っておいてくれないらしい。

まぁ、僕の両親はこの領地の民で、僕もこの領地で生まれ育った身だから、利用することにはなんの問題もない。

でも、僕の気持ちとしては嫌だ。力を使うなら、自分の意志で使いたい。

「ルイ、がくえんやだ！」

必殺、駄々をこねる！　普通なら平民が貴族に逆らうなど言語道断だけど、僕は三歳児だ。駄々をこねるのは許される年齢である。

領主さまも、幼児のわがままに腹を立てることはなく、諭すように言い聞かせる。

「今すぐではないさ。それに、家族と離れたくないというのなら、私の権限でともに暮らせるようにすることもできる」

ぐぬぬ。痛いところを突いてくる。僕が学園に行きたくない一番の理由は、家族と離ればなれになるからだ。

それを見抜くとは……この領主、なかなかのやり手だ。

「サンおにーちゃん、トールおにーちゃん、リタおねーちゃん、リリーおねーちゃんに会えない！」

今度はお友達と別れたくないと言ってみる。

「上の息子であるレオンの友人です。以前一緒に遊んだことがあったようで……」

母さんが、領主さまに補足説明をする。

ふふん、どうだい。さすがに友達は無理だろう？

「学園でも仲のいい友人は作れるだろう。平民も学園にはそれなりの数がいる」

「やっ！」

それはあくまで可能性の話。友達ができない場合だってあるし、平民もということは、貴族もいるのだ。

貴族とは関わらないに越したことはない。平民の僕は、貴族の理不尽には耐えなければならないけど、本当に腹が立った時にはやり返してしまう可能性もある。

そんなことをしたら、一族郎党この地から消え失せるといっても過言ではないのだ。

ならば、最初から貴族と関わらなければいい。名前も知らない見ず知らずの人間を恨む人はいない。

「がくえんやだ！　おうちにいるもん！　すきるつかわない！」

僕の要求を聞かないなら、領主さまのためにスキルを使ってやらない。子どもに理詰めで言い聞かせることはできないし、そのまま押しきれば今は大丈夫だ。

もう少し大きくなったら……それはその時に考えよう。

「……君の気持ちはわかった。だが、ルーシーがどう思うかだな」

なっ、それは卑怯だ！　母さんは身分差が理解できる大人だから、断るわけないじゃないか。お嬢さまの針子なんだからなおさらだ。

「私は、ヴァレンの民です。領主さまのご命令には従います」

ヴァレンというのは、この国か領地の名前だろう。

「ですが、一人の母親としては、ルイを学園にやりたいとは思いません」

母さんは、僕を抱き寄せて、領主さまを見据える。普段は優しくて、ちょっと怖いところもある母さんだけど、今の母さんはすごくカッコいい。

「……そこまで言うのなら、学園行きは見送ろう。ただし、条件がある」

条件とな。僕のスキルを使って領地の強化とか？　それとも、学園ではなくここで勉強しろというのだろうか。

「毎日でなくていい。私の娘の話し相手になってもらえるか」

……はい？

想定外の答えすぎて、言葉が出てこないんですけど。

「娘……とおっしゃいますと、ディアナお嬢さまでしょうか？」

「いや、末のリーリアだ。ちょうど三歳になる」

領主さまは詳しく説明してくれる。

いわく、領主さまには一人の息子と二人の娘がおり、一番上の息子は学園に通っているので長期休暇の時にしか帰ってこない。姉のほうはディアナという名前で、社交界デビューに向けたレッスンをしているそうだ。ちなみに、母さんがドレスを作っているのもこのディアナさま。

そして、末っ子のリーリアさまは、引っ込み思案な子どもらしい。いつも部屋に引きこもってばかりで、話し相手は使用人と家族だけ。

でも、お兄さんは学園。お姉さんは勉強。お父さんは領主としての仕事に忙しく、使用人以外ではほとんどお母さんが相手をしていたそうだ。

そのお母さんはというと、元々病弱だったらしく、今は風邪を拗らせて寝込んでいるらしい。

使用人たちもその世話に追われるようになって、余裕がなくなったので、最低限の世話しかできていない状況とのこと。

つまりは、リーリアさまの話し相手がいないということだ。

「彼は、初対面の私とも物怖じせず話せるほど社交性に長けているようだし、君は娘の針子だ。屋敷に出入りする理由は簡単に作れる」

「ルイ、どうする？　お友達欲しい？」

僕は、う～んと思考を巡らせる。貴族とは、関わらないに越したことはない。でも、相手は母さんが針子をしているお嬢さまの妹ということで、まったくの無関係というわけでもないし、領主さまは毎日でなくてもいいと言っている。

週に一度とか、それくらいのペースでいいなら……

「うん、いいよ」

僕が了承したことで、僕は末のお嬢さまの話し相手となることが決定したのだった。

領主さまとの面会が終わり、僕たちはディアナお嬢さまにドレスを渡しに行くことになった。ちなみに、二日後に僕は話し相手として再び屋敷に来ることが決まってしまった。

三歳の僕に必要以上のマナーは求められないと思うし、多分母さんとかが一緒だとは思うけど、一応勉強しておこう。

十分くらい歩いて、ようやくお嬢さまの部屋に着いたようで、母さんがノックする。

「ディアナお嬢さま。ルーシーです」

母さんが声をかけると、中からパタパタと足音がする。

そして、勢いよくドアが開いた。ドアを開けたのは、小さな女の子。

藍色の髪に紫の瞳と清楚な見た目をしているけど、中身はだいぶ活発なようだ。

「待ってたわ、ルーシー！　入って！」

女の子が母さんを案内しようとしたところで、僕の存在に気づく。

「ルーシー。この子は誰なの？」

「私の二番目の息子のルイです。今年で三歳になります」

「ルイです」

母さんの真似をするように自己紹介すると、なぜかじろじろと見られる。何か気になることでも。

「三歳ってことはリーリアと同い年ね。私はディアナよ。ルーシーの息子なら仲良くしてあげる」

あれ？　なんか既視感のあるキャラだぞ？

僕は記憶を遡って、既視感の正体を探る。そして、一人の子に思い至った。

ああ……リリーちゃんだ。

リリーちゃんにレオンの弟だから仲良くすると言われたことを思い出した。女の子って、みんなこんな感じなのかな。僕の家族が好かれてるのは嬉しいけど、なんか複雑。

「それじゃあ、ルーシー。新しいドレスを見せてちょうだい」

「はい、ディアナお嬢さま」

母さんはカバンから丁寧な手つきでドレスを取り出す。

ドレスは、ダークグリーンを基調としており、裾の部分に蔓と葉っぱの模様が刺繍されていた。落ち着いた雰囲気はあるものの、結構主張しているデザインでもあるので、彼女にはピッタリだろう。

「あら、素敵ね。早速着てみたいわ」

「では、使用人の方をお呼びしましょうか」

「いえ、あなたが着せてちょうだい。できるでしょう?」

えっ、ちょっと待って? ここで着替えるの⁉ 今⁉

母さんは戸惑っているようだけど、「失礼します」と声をかけてお嬢さまのドレスに手をかけ始めた。

ちょ、ヤバイって。いくらこの世界では三歳児とはいえ、女の子の下着とか裸は見られないよ!

僕は、お部屋を見回すふりをして、お嬢さまに背を向ける。せっかくなので、部屋の観察をしてみる。

調度品の類いとかはよくわからないけど、豪華な装飾が施してあって、触れるのはおこがましいような空気を漂わせている。

天井のシャンデリアなんて、平民の給料何年分だろう? 下手したら二十年分くらいあるんじゃないかな?

「どう、ルーシー? 似合うかしら?」

お嬢さまの言葉で、着替え終わったことに気づき、僕は再び目を向ける。

そこには、母さんの持ってきたドレスに身を包み、くるくると回っているお嬢さまがいた。

おっ、可愛いじゃん。

「かわいいー!」

僕が褒めると、お嬢さまは得意げな顔をする。どの世界でも、女の子はオシャレが好きなんだなぁ。

「私はなんでも似合うから当然ね！」

「はい。とてもよくお似合いです」

母さんがそう言うと、お嬢さまは母さんと顔を合わせる。

「これも気に入ったわ。次は、黄色いドレスを持ってきてちょうだい」

「かしこまりました。希望の柄はございますでしょうか」

「そうね～……」

お嬢さまはう～んと悩んでいる。お嬢さまはいつも違う柄を欲しがると言うし、まだ持ってない柄を考えているのかもしれない。

何の柄があるだろうな～。花柄はありふれてるし、葉っぱは母さんが今日持ってきている。他に女の子が好きそうな模様で、手縫いでもできそうな柄となると。

「だいやもんど……？」

僕のボソッとした呟きに真っ先に反応したのは、お嬢さまのほうだった。

「ダイヤモンドがどうかしたのかしら？」

「えっとね、こんなかたちなの！」

僕は、手でダイヤの形を作って見せる。でも、お嬢さまと母さんはあまりピンときていないような表情だ。

まぁ、この世界にダイヤモンドが存在するのは聞いたことがあるけど、ひし形のことをダイヤとは言わないだろうからね。

「これはしかくでね、こうしたらダイヤなの」

今度は□の形を作ってから◇の形を作って見せた。相変わらずお嬢さまはピンときていない。しかし、母さんにはなんとなく伝わったぽくて、表情が変わる。

「なるほど。シンプルでわかりやすいわね。応用もできそうだわ」

そうそう。そこがいいんだよ。ダイヤは形がシンプルゆえに、デザインは無限大といっても過言ではない。ダイヤを並べてチェック柄のようにしたり、一部分にだけ模様をつけるのもいい。それぞれ別の色でデザインするのもいいだろう。

母さんなら、きっといい感じに仕上げてくれるはずだ。

「ディアナお嬢さま。柄はダイヤでよろしいでしょうか」

「う～ん……柄がわかんないから、ここに書いてみてちょうだい」

お嬢さまは、紙とペンを母さんに持たせて、ダイヤを書かせる。

もし伝わっていなかったらと不安になり、僕も覗き込んだけど、母さんは見事な◇を描いた。

「このような模様をいくつかつけ足させていただきます」

母さんはそう言って、もう一枚の紙に手早く何かを描いていく。

観察しているうちに、それは服だと気づいた。どうやら、お嬢さまの服の図案らしい。

それは、二、三枚ほどあり、襟(えり)や裾にアクセントとして加えているのもあれば、チェック柄のようになっているのもある。

ダイヤ柄は初めて見るだろうに、早々にデザインに落とし込めるのは母さんの才能だな。

「私、これが気に入ったわ」

お嬢さまは、真ん中の図案を手に取る。それは、ドレスの袖口や裾にダイヤの模様が入ったシンプルなもの。確かに、普段使いするならこれくらいシンプルなのがいいかも。ダイヤ柄は、パーティーには向かないだろうし。

「それでは、こちらを元にドレスを作製させていただきます。完成しましたら、再びお伺いいたします」

「ええ、頼んだわよ。もう帰っていいわ」

「では、失礼いたします」

「しつれーいたします」

母さんと同じように挨拶をして、部屋を出た。

まだ日が沈む前なのに、今日はどっと疲れたな……


その日の夕食では、母さんが領主さまの屋敷であったことを話していた。

話を聞いていると、レオンが叫んだ。

「ええ!? ルイがリーリアお嬢さまの話し相手!?」

「そうなのよ～。だから、もう一回お屋敷に行くことになるの」

母さんはあっけらかんと言うけど、レオンと父さんはだいぶ硬直してる。

まぁ、そうだよね。僕のスキルについて話をしに行ったと思ったら、お嬢さまの話し相手になってるんだもん。

「ルイ！　絶対に失礼なことしちゃダメだからね!?」

「うん……」

ごめん、お兄ちゃん。もう領主さまにだいぶ失礼な態度を取ってしまったんだ。

まだ身分差が理解できないと思われているから許されたけど、レオンが同じことをやったら一発アウトだと思う。

「私も一緒に行くから大丈夫よ」

「僕も行きたいのに……」

いや、それは僕が嫌だ。もしお嬢さまたちの前でレオンがブラコンを発動したら、僕は心が死んでしまう。

穴があったら入りたいと言うけど、なくても自分で掘り始めるかも。

レオンは賢い子だから、多分大丈夫だとは思うけど、それでも不安になるくらいレオンのブラコンぶりはひどいのだ。

「ルイ、出かける時は早く起きるのよ」

「はーい」

前の日は、ちゃんと早寝しないとな。

◇　◇　◇

領主さまの屋敷を訪れた三日後、今度はリーリアさまの話し相手として訪問することとなった。

いきなり一日中一緒にいろというのは僕にとってもリーリアさまにとっても負担でしかないので、まずは十五分ほど様子を見て、よさそうなら少しずつ増やしていこうということになった。

以前は午後に訪問したけど、今日はリーリアさまのスケジュールの都合上午前の訪問である。

あの時と同じように迎えられ、僕と母さんはリーリアさまの部屋に向かう。

領主さまと会った応接室とは違い、リーリアさまの部屋はお屋敷の二階にあるので、階段を上らないといけないんだけど、この階段がめちゃくちゃ長い。

いや、段数からしたら大したことないんだろうけど、家の階段の二倍はある。

オシャレな螺旋（らせん）階段なんだけど、ぜひとも踊り場をつけてもらいたい。一気に上るのって体力使うからさ～。動き盛りの子どもだからまだましだけど。

「こちらがリーリアお嬢さまのお部屋となります」

メルゼンさんに案内されたのは、一番奥の部屋。

ここがリーリアさまのお部屋かぁ……

「リーリアお嬢さま。ルーシーさまとルイさまをお連れしました」

「……はいって」

中からものすごいか細い声が返ってくる。耳を澄まさないと聞こえない。

僕たちが部屋の中に入ると、そこはものすごく暗い雰囲気だった。

調度品は、ディアナお嬢さまの部屋とほとんど変わらないのに、どことなくくすんで見える。空気が重くて、よどんだ感じがする。

部屋の主と思われる少女は、ぬいぐるみを抱いて、床に座っていた。

ディアナさまと正反対の子みたいだな、リーリアさまは。

そりゃあ、領主さまも僕なんかを話し相手にしようとするわけだ。

このままだと将来が心配になる。

「リーリアお嬢さま。息子のルイです」

「ルイです」

僕が自己紹介しても、リーリアさまはこくりと頷くだけ。これ、いくら社交性があっても厳しいんじゃないですかね……？

でも、これの結果次第で僕の学園行きの是非が変わるのだ。諦めるわけにはいかない。

僕はリーリアさまの持つぬいぐるみに視線を向けてから、リーリアさまと視線を合わせるように床に座って話しかける。

「ねぇ、その子ってリーリアさまのおともだち？」

「……うん。ロアっていうの」

「ちかくで見てもいい？」

「うん、いいよ」

キツネみたいな見た目の動物のぬいぐるみを見せてくれる。

触ると、ふわふわしていて気持ちいい。生地が高級なのかな。

「この子、だれにもらったの？」

「おかーさまがね、つくってくれたの」

リーリアさまはふにゃっと緩く笑う。やっぱりお母さんのことが好きなんだな。

「ほかにもおともだちいるの？」

「いるよ」

リーリアさまが立ち上がって、ベッドの側に置いてあった一回り大きいぬいぐるみを持ってくる。

「この子はアンナっていうの。おかーさまがさいしょにくれた子なの！」

「へぇ～、そうなんだ」

リーリアさまのお母さん……奥さまは、裁縫が得意みたいだな。母さんも裁縫は上手だし、ぬいぐるみを作れるか聞いてみようかな。

作れるようだったら、リーリアさまのために作ってもらうのもいいかも。

「リアはね、いつもアンナといっしょにねてるの。おちゃかいもしたんだよ」

「わぁ～！　ルイもやってみたい！　おちゃかいってどうやるの？」

「えっとね～……」

リーリアさまは楽しそうにお茶会の説明を始める。

最初は難しいかと思ったけど、話し始めたらすごく楽しそうで、明るく見える。なんでこの子が最初はあんな感じだったんだろう？　大人が怖いのかな？

「おちゃかい、ルイもできるかな？」

「おかーさまが、おちゃかいはたくさんじゅんびがいるっていってたから……」

「じゃあさ、つぎあったらリーリアさまとおちゃかいしたい！　じゅんびしてくれない？」

「うん、いいよ！」

リーリアさまは、今日一番の返事をする。おちゃかいの構想を思い浮かべてるのか、楽しそうに笑っている。

この調子なら、話し相手としてやっていけそうかな。

「申し訳ございません、リーリアお嬢さま。そろそろ私たちは帰らなくてはならないので……」

ありゃりゃ。もう十五分経ちましたか？　あっという間だったなぁ。

「じゃあ、つぎはおちゃかいしよう！」

僕は、リーリアさまに小指を差し出す。リーリアさまは、不思議そうに首を傾げた。

「これはね、やくそくなの。こうするんだよ！」

僕は、リーリアさまの手を取り、小指を立たせる。そして、自分の小指を絡めた。

そう。指切りである。約束ならこれが定番だ。

「や〜くそ〜くし〜ましょ、う〜そつ〜いちゃ、ダ〜メ〜よ！」

さすがに指切りげんまんとか針千本飲ますとかは言えないので、適当に考えた歌詞で約束をする。

もし領主さまの耳に入ったらと思うと寒気しかしないからね。

「それじゃあ、またね！」

「うん……」

リーリアさまは、少し寂しそうだ。僕しか話し相手がいないなら無理ないけど、う～ん……あっ、そうだ。

「せっかくのおちゃかいだからさ、みんなでやろ！　ディアナさまとかりょーしゅさまとか！」

僕がそう提案すると、リーリアさまも顔を輝かせる。

「わかった。おねーさまとおとーさまもよぶね！」

「うん、やくそくね」

僕が小指を立てると、リーリアさまも小指を立てる。

「バイバイ、リーリアさま」

「ばいばーい」

僕とリーリアさまは笑顔でお別れする。こうして、初日の交流は大成功で終わった。

リーリアさまとのお話については領主さまに報告が行き、今度はもう少し時間を延ばそうということになった。

ちなみに、領主さまもお茶会に誘ったらと僕がリーリアさまに提案したことは知らないようだ。リーリアさまと話すきっかけになるかと思って提案したけど、報告した人が気を遣ってくれたのだろうか？　それとも、知ってて知らないふりをしたのだろうか？

どちらにしても、ありがたい配慮だ。


リーリアさまと話した翌日、ドレスを作っている母さんに早速聞いてみた。

「かーさん、ぬいぐるみってつくれる？」

「作ったことはないけど、できるんじゃないかしら」

おお、さすが母さん。

「じゃあ、なにかつくってくれない？　リーリアさまとあそぶから！」

「リーリアお嬢さまと？　そうねぇ……」

母さんは悩む素振りをする。

さ、さすがに無茶振りだったか……？

「次までには間に合わないと思うけど、このドレスが完成したら作ってあげるわ」

「わーい！　ありがとう！」

さすが母さんだ。ぬいぐるみを作ったことのない僕でも、ぬいぐるみ作りが大変そうなのはわかるし、別にリーリアさまと約束したわけではないから、いつまででも待てますとも。

「作ってほしい動物とかいる？」

「う～ん……」

そう言われても、この世界の動物って何がいるのか知らないんだよ。見たこともないし、会話に出てきたこともないから。

「ロアがいい！」

仕方ないので、リーリアさまが抱いていたあの赤いキツネっぽいものにしておく。母さんも側にいて、僕たちの会話を聞いていただろうから、ぬいぐるみの名前を言えばわかるだろう。

「あのレッドフォックスのことね。わかったわ」

あっ、見た目そのままの名前なのね。それじゃあ、猫とかはキャットって言うのかな？　それなら覚えやすくていいかも。

でも、念のため聞いておいたほうがいいな。この世界にないことを当たり前のように言って怪しまれるのは、転生もののあるあるだ。

僕は、前世の知識チートはコロッケまででセーブしているのだから。これ以上ペラペラと話すとやばいことを口走りかねない。

一回、ダイヤモンドでやらかしたからね。ディアナお嬢さまは気にしてなかったみたいだけど、母さんは不思議に思ってるだろう。

三歳児の頭じゃ、考え事するとするっと口から漏れちゃうんだよな。思ったことをすぐに口にしてしまうから。

「あれ、レッドフォックスっていうの？」

「そうよ。あのぬいぐるみみたいに赤くてね、とても温かいからお貴族さまは毛皮を巻いていたりするらしいわ」

ふーん、そうなのか。毛皮目的で密猟とかされてないといいけどな。

でも、メディアのないこの世界で、平民の母さんすら容姿を知っているのなら、珍しい生き物ではないのかも？

それなら、いつか実物を見てみたいなと思いながら、母さんの作業を見守るのだった。

翌日、僕は食堂へやってきた。母さんはドレス作りに着手しているため、今日もレオンが母さんの代わりに店番だ。

母さんは基本的にドレスを作る時には一人になりたいらしく、今日は父さんと一緒にいなさいと言われて、食堂に来たというわけだ。

僕はというと、椅子に座って水を飲んでます。

僕としてはお手伝いしたいんだけど、やっぱり三歳児の体だと重いものは全然運べないし、そもそもテーブルが高いから背伸びしないとコップとかも置けない。

でも、何もしないでここにいるのはなんかむずむずして落ち着かない。

「おい、こっち来てくれ！」

一人の男性客が呼んでいるけど、レオンは別のお客さんの相手をしており、相手をしには行けないみたい。

あまり待たせてお客さんを不機嫌にするのはよくないから、僕がなんとかしてみるか。

「おじさん、どうしたの？」

僕はレオンを呼んでいた男のところまで行き、用件を尋ねる。

男の人は、僕に気づくと驚いた顔をした。

「お前、何しに来たんだ？」

「ルイが聞いてあげる！　とーさんに伝えるよ！」

さぁ、どんなオーダーでもカモンカモン。

「お前にできんのかぁ？」

「できるもん！」

僕は自信を持ってそう言うけど、男はいまだに疑っているようだ。ならば仕方ない。できれば年相応の子どもを演じていたかったんだけど……

「ご注文はなんですか？　お客さま」

僕が丁寧な言葉遣いをすると、男は今まで以上に驚愕する。

まぁ、さっきまでたどたどしくため口をきいていた子どもが流暢（りゅうちょう）に敬語で話し始めたらそうなるよね。

「父さんに伝えてきますので、お教えいただけますか？」

「す、ステーキ……」

「かしこまりました」

僕はペコリと頭を下げて、父さんのもとに向かう。

「とーさん、ステーキ一つ」

「おう……って、ルイ⁉」

反射的に返事をしてくれたけど、僕だと気づくと、父さんは目を見開いた。

「お前、何してんだ！」

「ルイもおてつだいやる！」

「おてつだいって……」

お前は何を言ってるんだとでも言いたげな目をしている。

大丈夫。注文を受けてここに来るまでの間に言い訳は考えておいた。

「かーさんとにーにみたいにやればいいんでしょ？　ルイにもできるよ！」

そう。真似っこである。三歳児はなんでも真似したがるものなのだ。

「……わかった。でも、料理を運ぶのはレオンだけだからな」

「はーい！」

しぶしぶだけど、父さんの許可が降りた。

許可してもらったからには、ちゃんとやらないとと、僕は次のお客さんのところへ向かった。

僕は、次々とオーダーを取った。最初はあの男みたいに子どもの僕を訝しく見る人も多かったけど、丁寧な口調で応対したらすぐに注文してくれた。

レオンも僕が手伝っていることに驚いていたけど、父さんが何も言わないからか、反応しなかった。

それどころか、会計と配膳をレオンが引き受け、僕が注文を受ける係になるように自然に役割分担していた。お陰で作業がスムーズだ。

「にーに、それあっち！」

「わかった！」

僕は、自分が注文を受けた料理が完成しているのを確認したら、レオンにどこに運ぶのかを指示する。

とはいえ、一気にたくさんのオーダーを受けたら覚えられないので、一度に二組までという制限を自分の中で設けている。

それに、レオンも会計と配膳をやりながら、手が空いたら注文を受けている。

でも、大変なものは大変だよ～！　頭がぐるぐるしてきた……

「次、こっち来てくれ！」

「は～い……」

僕は声が聞こえたほうに駆け足で向かう。下手したら、フェラグで遊んだ時よりも疲れているかもしれない。

母さーん！　一旦こっち来てよー！

「お待たせしました～。ご注文は――」

「おい、いつまで待たせんだ‼」

僕が注文を受けようとした時、どこかから怒声が聞こえた。

反射的に振り返ると、明らかにイライラした様子の男がレオンに何か言っている。

先ほどの怒声は大声だったためはっきりと聞こえたけど、今はボリュームを下げているのと、周囲のざわめきが混ざり合っていてよく聞こえない。

「すみません。ちょっと待っててください」

お客さんに断って、僕はレオンの側に駆けつける。

「ねぇ、どうしたの？」

「ルイ、こっちに来ちゃ――」

「どうしたもこうしたもねぇんだよ！」

レオンが僕を引き離そうとする前に、男は僕にどなり散らす。

クレーマーかな？　それとも、レオンがミスでもしちゃったのかな？　言い分があるなら一応聞いておくか。

「さっきから待ってるのに全然来ねぇじゃねぇか！」

はい、クレーマー確定。丁寧に相手する価値なし。

「うん。だっておじさん、ちゅーもんしてないもんね」

僕は注文を受けていない時は注文を待ってる客がいないか常に観察していたので、当然この男のことも視界に入っていた。

でも、この男は店に入ってから手を上げたり声をかけたりしていなかったので、僕も聞きに行かなかったし、レオンに聞きに行くように頼んだりもしなかったのだ。

「てめぇらが聞きに来ねぇからだろ！」

「だって、なにもしないんだもん。あの人はルイのことよんでくれたよ？　だからルイも聞きにいったんだよ」

僕は先ほど僕を呼んだお客さんを指差した。

呼んだのに気づいてもらえなかったとかならまだしも、こいつは呼んですらいないからね。ちょっと生意気に言い返したところでバチは当たるまい。

「それに、まってるのおじさんだけじゃないよ？　あのひとも、あのひとも、みーんなまってるよ！」

「そうだ！　俺たちだって待ってるんだよ！」

「注文すらしてないようなやつがいっちょまえに喚くんじゃねぇ！」

みんなも食事が来ないことでイライラしていたのか、僕の言葉を皮切りに一斉に男のことを責め始めた。

最初は強気だった男も、大勢に責められるのは耐えられなかったのか、「もういい！」と捨て台詞(ぜりふ)を吐いて店を出ていった。

ふぅー、なんとかなったか。

「ルイ、大丈夫だった⁉」

「うん、へーき。にーには？」

目立った外傷はなさそうだけど、心はどうだろう。レオンはしっかりしているとはいえ、まだ十歳にも満たない子ども。大の大人に理不尽に責められることに恐怖してもおかしくない。

「僕は大丈夫だけど……」

レオンは、なぜか僕から目を逸らして、少し上のほうを見上げる。うん、どうしたの？

「ル〜イ〜？」

後ろからものすごく寒い気配を感じて、ゆっくりと振り向く。

そこには、今まで見たことのないほど冷酷な雰囲気を纏った父さんがいた。

「と、とーさん……？」

「なんであんな危ない真似をしたんだ！」

父さんの大声が店に響く。父さんの怒る姿を見るのは初めてだな。普段は親バカだから。

「だって、にーにのことおこるんだもん。にーに悪くないのに」

レオンがミスをしてしまってそのことで怒られていたんだったら、止めには入らなかった。

あまり強く言わないでほしいとは思うけど。

でも、今回みたいな理不尽なクレームなら話は別だ。レオンが辛い思いをする前に止めなくてはならない。

「だからって、あんな無謀なことをしたら、ルイも危なかったんだぞ。今回はなんともなかったが、殴られでもしたらどうするつもりだったんだ？」

「いーっぱい泣く。みんなにきこえるくらいにおおっきく！」

涙は女の武器とはよく言うけど、子どもの武器でもある。僕が近所の人におじさんに虐められた～とでも言って泣きつけば、すぐさまその悪評は伝わるし、同じ子どもを持つ親は、関わりを持たなくなるだろう。

目には目を歯には歯を。クレームにはクレームである。ぜひとも、クレームを受けたらどんな目に遭うのか、その身で味わって生きてもらいたいものだ。

まぁ、今回はこの店のお客さんから否応なしに話は広まるだろうけど。

「……それでもダメだ。父さんはルイたちにケガをしてほしくない。次からは父さんに言うように」

「はーい……」

僕は、小さな声で返事をした。

◇◇◇

リーリアさまとの二回目の交流の日が訪れた。

今日の朝、午後に屋敷に来るようにと使者が来たのだ。

ちなみに、使者を送ったのは、本来予定されていた日時から変更したことと、僕に招待状を届けるためだという。

招待状を開いたけど、なんて書いてあるのかさっぱりわからない。そういえば、僕は文字の勉強をしていなかった。そりゃ読めないよ。

仕方なく、母さんに代読してもらうことに。お屋敷に針子として出入りしている母さんは、文字を読むことができる。

「かーさん、これなんて書いてあるの？」

「えっとね……」

かーさんは、ゆっくりと読み進める。内容はこうだ。

ルイへ

このたび、わたしのお茶会にご招待します。

リーリア・ヴァレリー

内容はすごく短かった。少し不格好な字なのを見ると、リーリアさまが自分で書いたのだろう。

三歳で文字が書けるとは、さすがお貴族さま。

リーリアさまがいいって言ってくれたら、文字を教えてもらおうかな？

「かーさん、おへんじかきたい！」

「う～ん……でも、紙は高いのよね……」

うう……金銭問題か。それなら、返事は諦めるしかないか。どうせ今日行く予定だしね。

印刷技術が未発達だった頃は、本は高かったっていうし、無理もないか。

「なら、なにかもっていけない？　おかしとか」

返事がダメなら、手土産というのはどうだろう？　庶民の僕たちが手に入れられるものなんてたかが知れているけど、こういうのは気持ちが大切なのだ。

お茶会なのだから、お菓子を持っていくのはいいかもしれない。前世ではあまり作ったことはないけど、レシピは頭の中にある。

「お砂糖は高いし……果物もそんなに買えないわよ？」

むむっ。やっぱりお砂糖は高価か。魔法が発展しているとはいえ、お砂糖の加工とかで魔法は使いにくそうだしね。大量生産もできないんだろうな。

手に入りそうなのは果物だけど、果物を使うお菓子のレシピって、砂糖もセットなことが多いから、なかなか難しい。

それじゃあ、甘くないお菓子とか、軽食とか……あっ、あれならできるんじゃないか⁉

「かーさん。やってみたいことがあるの」

「また……？　今度は何？」

「パンと、おやさいと、たまご！」

ひとまずこれくらいでいいだろう。他にも使いたいものはあるけど、食材が揃わない可能性もある。

そう、僕が試そうとしているのはサンドイッチだった。


母さんとともに調理場に来た僕は、さっそく作業を始めたかったんだけど――

「危ないから、ナイフは母さんがやるわ」

「はーい……」

さすがに三歳児に包丁は持たせてくれなかった。僕がパンに切れ込みを入れたくて包丁を握ろうとしたら、母さんに止められてしまったのだ。

母さんがパンに切れ込みを入れてくれる。パンの形がコッペパンみたいに楕円形なので、中身も少し考えなくてはならない。

お野菜も、大きく切るのではなく、小さめに切り分けたほうがいいだろう。

サンドイッチに卵を使うなら、卵サラダが一番だけど、マヨネーズがない。

作り方は知ってるから作れるけど、さすがに三歳児が調味料を作り出したら神童どころではなくなるので、今回はスクランブルエッグにすることに。

スクランブルエッグに合わせるために、必然的に野菜にも火を通すことになる。火は危ないので、炒めるのも母さんの仕事。僕は相変わらず見ているだけである。

でも、僕も何もできないわけではない。母さんがパンに切れ込みを入れて、野菜を炒めて、スクランブルエッグを作ったら、あとは好きな組み合わせで挟むだけだ。これなら僕にもできる。

僕は、ひとまずスクランブルエッグとレタスを挟む。ちなみに、レタスはエクテルって言うらしい。う〜ん、ややこしや。

「こうしてね、パンといっしょにたべるの！　かんたんにたべられるようにナイフで切ったりとか」

「へぇ〜。相変わらず、ルイの発想力には驚かされるわ」

無理のない案にしているお陰で、母さんは僕のことを発想力が豊かな子どもという認識で落ち着いているようだ。

よしよし、このままこのイメージをキープしよう。

「それなら、あとは母さんに任せなさい。おいしい組み合わせを考えて、お昼に出してあげるから」

「ありがとう、かーさん！」

笑顔で返事をした僕は、内心ではかなりワクワクしていた。

僕の料理のレシピは、前世の知識に頼っているところが大きい。なので、思いつくのはありふれたものばかりで、変わり種は作れない。

今回は、サンドイッチをまったく知らない母さんが組み合わせを考えるのだから、僕が思いつかないようなものができるかもしれない。

もしかしたら、ホットサンドとか作ってくるかもしれないな〜。

「じゃあ、ルイはおへやにもどるね！」

僕は母さんを調理場に残し、自分の部屋へ戻った。

一度は部屋に戻った僕だけど、ふと思い出したことがあり、今度は父さんの部屋を訪ねた。今日は、食堂はお休みだ。

「とーさーん」

「おー、ルイ。どうした？」

部屋で休んでいた父さんが僕に気づくと、しゃがんで僕と視線を合わせる。かと思うと、僕を自然な動作で抱き上げた。別に抱っこしなくていいのに。

「あのね、とーさんのおみせなんだけどね。ビュッフェやってみない？」

「ビュッフェ？」

僕はビュッフェの仕組みを詳しく説明する。たくさんの料理を作って、お客さんに自分で好きなものを食べてもらう。

そして、お会計の時は少し高めの値段を払ってもらうというものだ。

席番号は、メモがないと難しいかもしれないので、また今度の提案にとっておく。

今日は、すぐに実行できそうなビュッフェだ。

「そしたら、かーさんもおりょうりはこばなくていいし、お金はらうのもかんたんだよ。たくさんたべたいけどお金がないひとにもいいよ」

「確かに、悪くはないが……いきなり経営方法を変えたら、客が困惑するだろう」

「それじゃあ、すこしだけやってみたら？　スープを大きなおなべにいれて、おきゃくさんに自分でいれてもらったりとか。つめたくなったらとーさんのまほうでまたあたたかくすればいいし」

やっぱり長く話すとたどたどしくなるな。これればかりは体の発達を待つしかないんだけど。

父さんは、考え込んでいたけど、すぐに僕の頭を荒々しく撫でた。

「いや〜、ルイはすごいな！　どうやったらそんな方法を思いつくんだ？」

「と、とーさんたちがたいへんそうだったから、がんばって考えたの！　とーさんたち、いそがしいからってぜんぜんルイとあそんでくれないんだもん」

僕は静かなほうが好きだから、それほど両親と遊びたいわけではないけど、寂しいのは本当だ。

父さんは食堂の経営、母さんはそれに加えて針子の仕事、レオンも最近はよくお店を手伝うようになって、一人の時間がさらに増えてきたのだ。

どうせなら側にいてほしいと思ってしまう。僕は、まだまだ甘えたい盛りの子どもなのだ。

「そうかそうか。父さん、もっとたくさん家に帰ってこれるようにするからな」

「わーい！　ありがとう、とーさん」

やっぱり、息子には甘いね、僕の父さんは。

でも、やはり経営方針をいきなり変えることには抵抗があるのか、母さんや常連さんと話し合いつつ決めることにしたようだった。

お昼ごはんの時間になり、テーブルにはたくさんのサンドイッチが並べられた。色とりどりの組み合わせで、本当にいろいろ試したらしいのが窺える。

「ルーシー、なんだこれは？」

「ルイが考えてくれたの。パンに切れ込みを入れて、いろいろな具材を挟むんですって」

「ルイって、ほんとにいろいろ思いつくよね」

レオンが笑顔で鋭い指摘をしてくる。レオンは、褒めてるだけなんだろうけど、僕からしたら冷や汗ものだ。

とりあえず、適当に笑って誤魔化しておき、サンドイッチに手を伸ばした。

「かーさん、これおいしい！」

僕が食べたのは、スクランブルエッグとレタス……じゃなくて、エクテルのサンドだ。ちょうど、僕が作ったのと同じ組み合わせである。

エクテルは火を通してあるとはいえ、食べるとシャキシャキといい音が鳴り、スクランブルエッグとの相性も抜群である。

「ルイ、これもおいしいよ」

そう言ってレオンが差し出したのは、エクテルとオータを挟んだものだった。

オータというのは、前世で言うトマトのことで、オータモットという名前で売られているらしい。長いので、みんなオータと呼んでいるみたいだ。

これでベーコンがあれば立派なＢＬＴサンドなんだけどな。薄い肉のステーキとかを代用してもらうのもいいかもな。

さすがにベーコンの作り方は知らないし。

僕は、そんなことを考えながらレオンのくれたサンドを食べる。

うん、これもおいしい……と、言いたいけど、僕はあまり好きじゃない。

オータの瑞々しさと、エクテルの食感はいいんだけど、どうしてもおいしいと思えない。

特にこれは生だからなぁ……水洗いしただけで味付けがないのだと思う。

だから、余計にまずい。

レオンがくれたものだし、残すと母さんが怖いから、頑張って食べてるけどね。

でも、父さんたちにはどれも好評みたいだから、サンドイッチは成功と言っていいだろう。

「かーさん。これ、リーリアさまのところにいく時持っていっていい？」

「これを？　う～ん……」

母さんは頭を悩ませている。さすがに、食べ物関係の贈り物はまずいかなぁ……？

毒殺とかの問題もありそうだし。

「そうね。事前にお話ししておけば大丈夫そうね」

「やったー！」

母さんからお許しが出て安心した。これから、リーリアさまとのお茶会だ。

気を引き締めて臨まないとな。

◇　◇　◇

ついに、リーリアさまとのお茶会の時間がやってきた。

手土産を持って迎えの馬車に乗り、屋敷を目指す。こんなに頻繁にお貴族さまの馬車が来てたら、街の人たちから変な目で見られそう。

母さんがディアナさまの針子じゃなかったら、絶対に理由を聞かれたと思う。

「お待ちしておりました、ルーシーさま、ルイさま」

お屋敷に着いたら、メルゼンさんが出迎えてくれる。決して油断できない人だけど、このお屋敷で一番気を許せる相手でもある。

「ルイ、もってきたのがあるの！」

「おや、なんでしょう？」

「こちらです」

母さんがメルゼンさんにサンドイッチを渡しながら、これがどういったものなのかを説明する。

メルゼンさんは、サンドイッチを訝しい目で観察している。

毒とかは入ってませんよ？

「ルイがお茶会に持っていきたいと言い出しまして、持参したのです」

「そうでしたか。では、確認し次第お嬢さまの意向をお伺いします」

突き返されなかったことに、僕は一安心する。

これも、母さんが信用されているからなんだろうけどね。

「では、お嬢さまのところにご案内いたします」

僕と母さんは、メルゼンさんについていく。だけど、場所はしっかりと覚えている。

領主さまやディアナさまも誘ったらどうかと提案したので、二人もいるかもしれない。

……提案しておいてなんだけど、ちょっと緊張してきた。

ディアナさまはともかく、領主さまはどうも苦手だ。

こちらを見透かすような、含みのある視線は勘弁願いたいところだけど、今回はどうだろうか。

さすがに娘たちの前で僕を探るような真似はしないだろうけど、観察はすると思う。

子どもらしく振る舞うように気をつけないと。

「ルーシーさまとルイさまをお連れしました」

「どうぞ」

中から上品な声が返ってくる。本当に、初日とは大違いだ。

本当は、明るい性格なのが声だけで窺える。

僕たちが中に入ると、すでにテーブルと椅子がセットされていて、リーリアさまの他にも領主さまとディアナさまが座っていた。

「わたくしのおちゃかいにようこそ、ルイ」

リーリアさまが優しく笑いかけてくる。

僕は、後ろにいる母さんを見上げる。

どう返すのが正解か、目線で尋ねた。

母さんは僕の心情を察したのか、膝を折って僕に耳打ちしてくる。

「お招きいただき光栄です」

「おまねきいただきこうえいです」

母さんの真似をして、少し棒読み気味に返事をした。

こうするのは、母さんから事前に対応に困ったら目で合図を頂戴と言われていたからだ。

前回があまりにも不躾だったからだろう。僕は子どもっぽく振る舞っただけなんだけどね。

それにしても、母さんだって身分は平民のはずなんだけど、貴族の作法に詳しいのはなんでなんだろう。教わったりしたのかな？　お陰で助かるけど。

「おせきへどうぞ」

リーリアさまが空いている席を手で示したので、僕は言われた通りに席に着く。

すると、リーリアさまも再び椅子に座った。

領主さまとディアナさまの視線を感じるのは、気のせいだと思うことにしよう。

「ルイの好きなものがわからなかったので、いろいろとよういして……じゃなくて、させていただきました」

立派な主催者として振る舞おうとしているリーリアさまの姿にほっこりしてしまう。

この日のために、相当練習したのだと思うと、提案して正解だったみたいだ。

「これは、さとうとこむぎこを使ったおかしです。これは……」

リーリアさまの説明を聞きながら、僕はテーブルに置かれているお菓子を観察する。

食べていないのでわからないけど、クッキーらしきものや、スコーンらしきもの。カップケーキのようなものもある。

でも、パイやタルトは見当たらない。たまたま作ってないだけなのか、この国にはないのか。

「ルイ、このお茶をのんでみてください」

「うん……じゃなくて、はい」

母さんから鋭く睨まれた気がして、僕は言葉を訂正しつつ、カップを手に取ってお茶を飲む。

前世でも紅茶なんてろくに飲んだことないから、なんか新鮮な感じがする。

おいしいし、おそらくいい茶葉を使ってるんだろうけど、よくわからなかった。

「こちらもどうぞ。リア……じゃなくて、わたくしのおすすめです」

「はい」

リーリアさまに勧められたクッキーらしきものを食べてみる。

味は普通のクッキーだ。

サンドイッチとかコロッケがないから、あまり食文化は発展してないのかなと思ったけど、そうでもなさそう？

それとも、母さんたちが平民だから、知らない食べ物が多いだけだったりするのだろうか。

「ルイくん」

「は、はひ⁉」

考え事に耽っていたのと、クッキーもどきを味わっていたのもあって、話しかけられたことに驚く。返事の声がつい裏返ってしまった。

恥ずかしいという前に、変だと思われていないか不安だ。

だけど、そんな僕の不安はよそに、領主さまが尋ねた。

「ディアナから聞いたが、ドレスの柄の提案をしたそうだね」

「……はい」

僕がやらかしたあの件か。

当然領主さまに報告が行くに決まってるのに、あの時はそこまで考えが及ばなかった。

「おねーさまのドレスをかんがえたの？」

「うん、そうだよ」

リーリアさまは今でもすごく興味津々な様子だけど、領主さまの次の言葉で、さらに顔を輝かせた。

「他にもいろいろとやっているみたいだ」

領主さまは楽しそうに笑う。リーリアさまは今すぐ聞きたそうな目をしているし、ディアナさまも興味がありそうな様子だ。

そんな一家とは裏腹に、僕は内心、冷や汗をかいていた。

他にもって、この人はどこまで知ってるんだ？　ハッタリかもしれないから、不用意に口にできない。

「ルイくん。このお茶会が終わったあと、ルーシーと一緒で構わない。お話ししたいことがあるんだが？」

「お話しするの？」

スキルのことは前に話したから、もう僕のことで話すことなんてないと思うんだけど。

「もちろん、今日このあとすぐというわけにはいかないが、なるべく近いうちにね」

領主さまはにこりと笑っているけど、その顔はどこか悲しげに見えた。

何か、いろいろと思うところがあるのかな。

「おとーさま。リアとあそんでくれないの？」

「ごめんね、リア。なかなか時間が取れないんだ」

いや、僕との時間を取れるならその時間をリーリアさまのために使ってあげればいいのに。リーリアさまは、先ほどまで輝かせていた顔を曇らせる。

ほら、今にも泣きそうだよ。リーリアさまが引っ込み思案になったのって、領主さまのこの態度もありそうだよね。

リーリアさまが何かお願いしても、領主さまは断り続けたから、リーリアさまは何も言わなくなって、それを引っ込み思案だと思ってるのが真実っぽい。ディアナさまも勉強を理由にリーリアさまの誘いを断ってたんだろう。

リーリアさまの様子に気づいたのか、領主さまは少し戸惑っているようだけど、そのまま目を逸かった。


らした。

おい、そこで「明日遊ぼう」くらい言えよ！　明日が無理なら、違う日でもいいから！

僕はジト目で領主さまを見てしまう。子どもらしからぬ行いではあるけど、呆れを抑えられなかった。

「リーリアお嬢さま。ルーシーさまとルイさまからいただいたものがあるのですが」

この最悪な空気をメルゼンさんが破ってくれた。

リーリアさまも、プレゼントは嬉しいのか、少しだけ顔が明るくなった。

「それ、なに？」

「ルイさまがお考えになったものだそうです。パンの間に様々な具材を挟んだものだそうです」

リーリアさまとディアナさまは不思議そうにサンドイッチを見るけど、領主さまだけ僕のほうを見る。その目には、疑いや関心など、多くの感情が入り交じっているように見えた。

僕、普通の子どもだよー。

他の子どもよりいろんなことをたまたま思いつくだけだよー。

そう心の中で思ったけれど、領主さまは僕から目を逸らさない。

うぅ……どうすれば。

「ルイ、これはどのように食べるのかしら？」

ディアナさまが僕に尋ねてくれる。神の助けとも思えるそれに僕は迷いなく乗っかった。

「あっ、それは手で……」

僕はサンドイッチを手に取って食べて見せる。見本を見せるためだったので、中身は特に確認せずに食べたけど、これはたまごとエクテルのようだ。僕が食べられる組み合わせでよかった。

「すきなやつをたべるといーよ」

僕がそう言うと、リーリアさまとディアナさまはどれを食べようかと見比べている。そして、リーリアさまはたまごオンリーのものを、ディアナさまはオータとオニオというヘルシーなものを選んで食べた。

ちなみに、オニオとは前世で言うたまねぎのことである。

やっぱり、英語に似た響きのものからまったく聞いたことのないものまでいろいろあるみたいだ。

「ルイ、これおいしーー！」

「サラダを挟むなんて変わっているわね」

サンドイッチは好評なようだ。

サンドイッチはアレンジし放題だし、好きなものを挟めるからいいよね。

それに、調理が簡単だから貴族のお嬢さまたちでもできると思う。まぁ、お貴族さまが料理することなんてほとんどないだろうけど。

結局、この日のお茶会はこのままサンドイッチを食べ続けて、平穏に終わった。

お茶会を終えた一週間後、僕は母さんと一緒に再び領主さまの屋敷を訪れた。

僕たちは応接室で領主さまを待っているのだけど、三十分は経っているのに領主さまがやってくる気配がない。忙しいのだろうか。

「すまない。待たせた」

噂をすればなんとやら。形ばかりのノックをして領主さまが入ってくる。

領主さまは、軽く息切れしていた。

ギリギリまで別の仕事をしていて、急いでここまで来たように見える。

「領主さま。お話とはなんでしょうか？」

「ああ。それは、彼のスキルのことだ」

スキル……？

まだ何か話すことがあっただろうか？

スキルの種類や判明した経緯も母さんが話していた気がするし、他には思いつかない。

「未知のスキルがあるという話だっただろう。それを私なりに調べていたんだ」

僕はうんうんと頷く。

確か、『複合』というスキルが未知なんだっけ？

僕の知っている意味は二つのものを一つにするというものだけど、何か他にあったのだろうか。

「前例があったのでしょうか？」

「いや、それは見つからなかったが、もしやと思うものは見つけられた」

領主さまはそう言って、一冊の本を取り出す。それは、表紙がボロボロで、ろくに手入れされていないように見える。

領主さまは、そっと本のページを開いた。どうやら手書きで、しかも走り書きのようになっているので、ぐちゃぐちゃしていて文字に見えない。

「あの、これは……？」

母さんも、何が書いてあるのかよくわからないみたいで、首を傾げている。

「これは、私の曾祖父（そうそふ）が書いたものだ。裏に書いてあるのは名前だな」

領主さまは本をひっくり返して裏を見せてくれる。

確かに隅に何か書いてあるけど、やっぱり読めない。

「ここには、魔法の『複合』というものについて書いてあった」

領主さまは、本を開きながら内容を説明してくれる。

いわく、領主さまの曾祖父は、より強い魔法を使う方法を研究していたらしい。

領主さまの曾祖父は、当時の貴族としては魔力が弱いほうだったらしく、当主の面目を保つためにも、強い魔法を習得しようといろいろと模索していたとのこと。

そして、思いついたのが魔法の『複合』である。魔法は本来、赤魔法は赤魔法、青魔法は青魔法として独立した形で使うのが通例であり、同時に発動することはあっても、それらを合わせることはなかった。

領主さまの曾祖父は、そこに目をつけた。二つの魔法の力を合わせて一つにすることができれば、弱い魔力でも相応の強さの魔法が使えるのではないかと考えたらしい。

本には、その研究過程が書いてあるのだとか。

結論から言ってしまうと、上手くできなかったようだ。

領主さまの曾祖父は、赤魔法と青魔法を使えたみたいだけど、何度やろうとしても片方しか発動しないか、どちらも発動しないかだったらしい。

もちろん、原因を考えた。どうして成功しないのか。自分の何が悪いのか。

魔力の運び方、発動のタイミング、いろいろと考えてみたけど、どうも納得のいく答えが見つからなかったそうだ。

手記は、成功できなかったことへの無念を書き連ねて終わっているらしい。

「これに書かれていることがすべて事実として、曾祖父の魔法の扱いに問題がなかったのなら、考えられるのはスキルの有無だと私は思った。ちょうど、彼は『複合』を持っているようだからな」

なるほど、だんだん読めてきた。つまりは、僕の『複合』スキルで魔法を『複合』できるか確かめてくれってことか。

僕としては、力が有用だと知れ渡って、存在が目立つのは避けたい。

だけど、母さんがどう判断するか。

「ですが、ルイは赤魔法しか使えません」

母さんは、やんわりと断った。

おそらく僕と同じように、力を使わせたくないと考えたのだろう。

それに、僕が赤魔法しか使えないのは事実だ。魔力測定の時、赤色にしか光らなかったから。

「だが、『複製』があるだろう？　伝説では、『複製』は魔法すら作り出し、自らの力にすることができると言われている。なら、ルーシーの魔法も、私の魔法も複製できるはずだ」

確かに、理屈は通っている。

『疾走』のスキルを複製することはできたのだから、同じ要領でやれば魔法でもできると思う。

でも、またあっさりとやれてしまったらどうしよう。母さんには真似をしたで誤魔化すことができたけど、領主さまを同じように誤魔化せるとは思えない。きっと僕の嘘を見抜くだろう。

ここは、何もわかってない子どもを演じておくべきだ。

「たとえ魔法の複製ができたとしても、ルイに魔法を使わせるのは危険です。一度、魔力暴走で倒れたこともありますし」

ああ、そんなこともありましたね。

間にいろいろとありすぎて忘れかけてた。『複製』も成功させることができたし、そろそろ魔法に再チャレンジしてみたいけど、あのおじいちゃん先生いわく、『魔力強化』の影響があるみたいだから、よくわからないままやることは危険だ。

だから、あの先生のお許しが出たら、本格的に使ってやろうと企んでいる。他の人の魔法を見ているだけというのもそろそろ飽きてきたし。

赤魔法なら父さんに使い方を教わることもできるだろう。

「だが、未知のスキルの力は把握しておく必要がある。人々にとって益となるか否か。それだけでもな」

　今回は、領地にとってとは言わなかった。

　初めて会った時には、我が領地にとってと言っていたのに、どういう心境の変化だろう？　それとも、特に深い理由はない？　でも、領主の地位にいる人が適当な発言をするとは思えない。

「できることなら、無理強いはしたくない。君たち夫婦には、この領地は世話になっているからな。特に白魔法を使える君は、我が領に多大な恩恵をもたらしているのだから」

「……買い被りすぎです。領地の繁栄は、領主であらせられるあなたさまの手腕によるものでしょう」

　母さんが目を伏せて静かに答える。

　こんな母さんは初めて見た。

　僕の魔法知識では、白魔法はかなり希少な存在だ。適性があるだけで食うのに困らない。そんな白魔法を使える者が領地に生まれたら、領地は一気に繁栄するだろう。

　何せ、本来なら貴重な薬草を何種類も用いなければ治せないような病気も、白魔法なら魔力を消費するだけで治療できるのだ。魔力は、消費しても時間が経てば回復するので、半永久的に使える。

　母さんの白魔法の宿った衣服を身につけていれば、病気にかかりにくいし、怪我もしにくいので、医者の世話になる回数は極端に減ることだろう。その分のお金を他のことに使える。

　ほんの些細な金額だとしても、それが経営には大きなものとなることもあるのだ。

　母さんが重用されるのは家族として誇らしいけれど、いいように使われているのかもしれないと思うと、少し複雑だ。

それに、夫婦って言い方も気になった。

僕が知らないだけで父さんも何か領地の役に立つことしてるのかな？

僕の中の父さんのイメージは、料理人と親バカしかない。どちらも領地に恩恵をもたらしているとは思えない。

「ルーシー、これは私からの警告と受け取ってほしい。スキルというのは、使い方を誤れば人に危害を与えることにもなる。特に、彼の『複合』は未知のスキルだからな。本来の効果を誰も知らないんだ」

つまり、僕が間違った使い方をしたら、周りはそれを正しい使い方として認識するわけだ。

そうしたら、『複合』は危険なスキルと見なされ、そのスキルを持つ僕も危険視されると言いたいのだろう。

家族との平穏を望む僕としては、それは避けたい未来である。そのためなら、力なんていくらでも隠す。

父さんも、レオンも、もちろん母さんも、僕のスキルのことを不用意に広めたりはしないだろう。

「肝に銘じます」

「では、話はこれで終わりだ。帰ってもらって構わない」

「かしこまりました」

母さんは領主さまに静かに頭を下げて、僕の手を引く。

「では、失礼いたします」

「しつれーいたします」

母さんと一緒に領主さまに挨拶をして、僕たちは屋敷をあとにした。

第四章　ユニークスキル

月日は流れ、僕は晴れて六歳となった。

つまり、ついに少年式を行うことになったのである。同時に僕の伝説のスキルも、未知のスキルも公のものとなるのだ。

「はぁ……やりたくない」

「そうは言っても、少年式は国民の義務だもの。行かなかったら来年になるだけよ」

ぐぬぬ。参加辞退は許してくれないのか。

でも、考えてみれば当然だ。この少年式で行う選定の儀は、才能のある子どもを発掘するのにまたとない機会と言える。常時発動しているスキルだと、本人ですら無自覚な場合が多いから、金の卵となり得る子どもはわんさかいることだろう。

国の発展を担う逸材が現れるかもしれないというのに、辞退を許すわけないよね。

「でも、僕のスキルのことばれちゃうんじゃないの？」

「それなら大丈夫よ。ルイは、リーリアさまと一緒にやるから」

…………はい？

「だ、だれとやるって？」

「リーリアさまよ。ルイと同い年でしょう？　領主さまが、友人がいたほうが娘が安心するだろうから、一緒にやってほしいって」

「でも、リーリアさまはお貴族さまでしょ⁉」

平民と貴族の少年式、少女式は内容は同じでも行う理由ややり方が違う。

まず、平民は住民登録を行う必要がある。六歳の子どもは、神殿へ行き、魔力の奉納をもって国民として登録し、その領地に住民税を納める必要があるのだ。

農民の場合は収穫物、商人の場合は売り上げの一部などである。この登録を済ませていないと非国民とみなされ、物の売り買いなど日常生活を送るのが困難となる……らしい。

らしいというのは、僕は今まで不便らしい不便を感じたことがなく、実感がないためだ。でも、母さんや父さんはそう言って嫌がる僕を少年式に行かせようとしていたから、不便なことがあるのは確かだと思う。

貴族は、生まれた瞬間から魔力の奉納による登録を済ませてあるので、この過程は省略される。

例外は、貴族の私生児や養子の場合である。ある程度成長してから自らの子とするため、登録が済んでいないからだ。

平民の登録は税金のためだけど、貴族の登録は貴族名鑑というものに記載するためだ。貴族名鑑というのは、貴族の名前を連ねた名簿のようなものであり、それに名前が載っていないと貴族として認められないので、爵位を継いだり結婚するといったことができなくなるのだとか。

登録の仕方も、貴族は普通に魔力を捧げるのに対し、平民は金属製のカードみたいなものに血を垂らすのだそうだ。

その金属製のカードは身分証のようなもので、契約する時には必要不可欠のものらしい。

母さんもそのカードを使って針子の雇用契約を結んだのだとか。

「ルイは、平民にしては魔力量が多いから、選定の儀は貴族と同じ方法がいいだろうというご配慮らしいわ」

「そっか……」

そう言われると反論が思いつかない。

選定の儀も、平民と貴族で違う。平民は魔力が少ない人間が多いため、僕がおじいちゃん先生のところで行った検査キットのようなものを使う。

あれらは、あくまで適性のある魔力の色、魔力の強さ、スキルがわかるだけの簡易なものだとか。

理由としては、そちらのほうが早く値段が安いため、人数が多い平民相手には適しているのと、詳細を知るための道具は必要な魔力量が多いため、平民ではそもそも使うことができないというのもあるらしい。

でも、僕は平民としては魔力量が多いので、貴族用の検査道具が使えるようで、それなら未知のスキルもあるし、そっちのほうがよくない？　となったそうだ。

「リーリアさまの儀式は人が最低限だから、スキルが大勢に知られる心配はないって」

「……わかった」

言葉通りに受け取るなら、僕を気遣ってくれたということらしいけど、裏を返せば、僕のスキルが公になったら、学園行きはもちろんのこと、『複製』のスキルを狙って多くの者が僕を狙うのは免れないという脅しでもあるのだろう。

要は、こちらの命令を聞くなら黙っててやると言っているのだ。

「それじゃあ、行きましょうか」

「はーい」

スキルが公にならないだけましだと思い、僕は迎えに来ていた馬車に乗って会場に向かった。


馬車が止まり、僕が降り立ったのは神殿——ではなく、お屋敷である。

「母さん。神殿に行くんじゃなかったの？」

「他の子どもたちとリーリアお嬢さまの式の時間は違うの。ルイはリーリアお嬢さまと一緒にやるから、もう少し待ってて」

「え～、それなら、もう少し家にいてもよかったじゃん」

時間が遅いのは別にいい。領主さまのお嬢さまであるリーリアさまが、平民たちと同じ空間にいるのは問題があるのだろうということはわかるし、リーリアさまと僕しかいないのなら、わざわざ分かれてやるよりも同時にやったほうが効率もいい。

だけど、それならもう少しのんびりしてもよかったのではと思う。

これから戦場に向かうも同然の覚悟で挑もうとしていたのに、不完全燃焼になってしまった。

「だって、ルイとお話ししたかったもの！」

後ろからぎゅっと抱きついてきたのは、リーリアさまだった。

どうやら、出迎えてくれたらしい。

リーリアさまとは、あれからずっと仲良くさせてもらっている。交流を続けるうちにリーリアさまも明るくなってきて、一緒に庭を散歩したこともあった。

仲良くなりすぎて、交流しない日は文通をするようになったくらいだ。僕も、リーリアさまのことは友達であると同時に、妹のように思っている。

「お久しぶりです、リーリアさま。本日はとても素敵な装いですね」

リーリアさまが現れてしまったので、僕は外向きの顔を作る。

三歳の時からリーリアさまの話し相手となっていた僕は、平民の子どもには似つかわしくない言葉遣いとマナーを身につけてしまった。文通を行うようになってからは、字も読めるようになった。

順調に平凡な子どもから逸脱してしまっているのだ。

でも、衣装が素敵というのはお世辞でもなんでもない。

リーリアさまにとって生まれて初めての公の舞台だからか、とてもきれいな格好をしている。

リーリアさまは、白銀の髪に濃紺の瞳ととても神秘的な容姿をしているけど、さらに淡いスカイブルーのドレスがリーリアさまの容姿を引き立てている。

領主さまの容姿が藍色の髪に濃紺の瞳なので、髪が白銀なのは奥さま譲りなのかもしれない。

ディアナさまの容姿を考えると、瞳は紫だろうか。

「これね、ルーシーが作ってくれたの。ルイのも、ルーシーが作ったの？」

「はい、そうです」

僕のは、白のシャツに、肩紐がついた、いわゆるサロペットみたいな紺色のズボン。

母さんからどんなデザインがいいか聞かれて、それっぽいのを答えたんだけど、母さんが晴れ舞台だからと張り切ってしまい、平民とは思えない上等な衣装になってしまった。

これ、肌触りからして、お嬢さまたちのドレスを作った時に余った布を使ったんじゃないの？　怖くて聞けないけど。

母さんは、その中でもこの肩紐がついているのが気に入ったらしい。この辺りでは見かけないから、多分母さんも知らないはずなのに、よく再現できたものだ。

「ねぇ、ルーシー。お兄さまのも作ってくれない？」

「お坊っちゃまが望まれましたら」

「うん、わかった」

さすがに本人の許可なく服を作るわけにはいかないので、母さんはやんわりと断った。リーリアさまもすぐに引き下がった。

リーリアさまは、母さんにもとても懐いている。今は、ディアナさまに加えてリーリアさまの針子もしているくらいだ。そのため、僕が屋敷に来る時は、たいていは母さんも一緒。

母さんとリーリアさまが交流するようになったのは、一年くらい前から。

僕がリーリアさまとお話ししている時にずっと立っている母さんが気になって、リーリアさまが母さんを会話に巻き込んだのがきっかけである。

本当に大した思惑はなかったんだけど、リーリアさまの針子もやるようになって、結果的に我が家の収入は増えた。

「ルイ。少年式が始まるまで、またいつものお茶会しましょ」

「ああ、いつものあれですか？　今日は誰がいるんですか？」

「ロアとアンナとリュークはいるよ」

ロアとアンナは元々リーリアさまが持っていたぬいぐるみ。そしてリュークというのは、僕がプレゼントした母さんお手製のレッドフォックスのぬいぐるみである。

さすがは裁縫のスキルを持つ母さんだけあって、初めてだというのに見事な再現度だった。

そのぬいぐるみに、リーリアさまはリュークと名付けて、大切にしている。

「では、今日はその三人と僕たち二人だけにしておきましょう。少ない人数も楽しいと思いますよ」

「うん。今日はそうしましょう。おいしいお茶を用意させるから、楽しみにしていて」

リーリアさまは笑顔でそう言いながら僕の手を握って、屋敷の中に誘導する。

「はい」

僕は、同じように笑顔で返事をして、屋敷の中に入った。

リーリアさまとのお茶会を楽しんでいると、ついに時間がやってきた。

あくまで主役はリーリアさまなので、僕はオマケとしてついていく。

ちゃんと儀式はやるけどね。リーリアさまの儀式を終えたあとに、さらっとやる感じらしい。どうせなら前座がよかったんですけど。

「ルイ、ちゃんと見ててよ？」

「わかってますよ」

屋敷に来てから、かれこれ十回は同じ台詞を聞いている。今回の儀式は、リーリアさまの希望により、僕と母さんも同席することになった。

平民の儀式の話は母さんや父さん、レオンから聞いていたけど、貴族の儀式は知らないから、少しワクワクしている。

最も仲が良いと言っても過言ではないリーリアさまの晴れ舞台だから余計にだ。

「リーリアさまは、欲しいスキルとかあるんですか？」

「う〜ん……スキルはわかんないけど、白魔法を使ってみたい！」

「それって、僕の母さんが持ってるやつですか？」

「うん！」

リーリアさまが満面の笑みで頷くけど、僕にはその理由がわからなかった。

母さんが白魔法を持っているんだから、欲しがる必要はないはず。

リーリアさまが怪我した時なら、母さんが使ってくれるし。それとも、白魔法に憧れがあるんだろうか？

「なんで白魔法が欲しいんですか？」

「だって、お母さまの病気を治せるかもしれないじゃない！」

笑顔でそう言うリーリアさまに、僕は言葉を返せなくなった。

リーリアさまのお母さん……奥さまは、僕がリーリアさまと交流を始めた頃に、体調を崩してから、いまだ治っていない。

最初は風邪をこじらせただけだったみたいだけど、なかなか改善の兆しが見られないそうだ。

白魔法を使える母さんにも治せないかという話が来たみたいだけど、母さんの魔力では足りなかったらしく、治せなかった。

だからこそ、リーリアさまは白魔法を欲しがってるんだろう。

そう都合よく手に入るとは、僕には思えない。それに手に入ったとしても……あっさりと治せるものかもわからないし。

「……そうですね」

絞り出せたのは、その一言だけだった。

儀式が始まる数分前。
僕の出番はあとなので、先に会場に行っておくように指示されて、母さんと一緒に用意されたソファに座った。リーリアさまは後方の大きな扉から入場してくるらしい。

事前に母さんに聞いた通り、本当に人数は最低限らしく、僕たち以外には三人しか見当たらない。

本来なら無関係の僕たちは一番後ろになるみたいだけど、リーリアさまたっての希望で、真ん中辺りに座っている。さすがにそれ以上前列に座るのは難しいそうだ。

母さんやレオンたちから聞いた話では、平民の場合は人数が多いため、あらかじめ儀式を受ける子どもが集まって、そこに神官がやってくる形式になっている。

だけど、今回は神官らしき人はすでに祭壇に立っていた。

始まりも、平民と貴族は違うみたいだ。

「リーリア・ヴァレリーさまが入場いたします」

会場にその声が響くと、後ろのドアがそっと開いた。

そして、領主さまとディアナさまにエスコートされて、リーリアさまが入場した。

僕はその様子を見て、母さんにそっと耳打ちをする。

「母さん、なんでディアナさまも一緒なの？」

領主さまがエスコートするのはわかる。実のお父さんだし。

でも、なんでディアナさまも一緒に入ってくるのかわからない。

普通なら、僕たちと同じように座って待ってるんじゃないだろうか？

「本来なら、ディアナさまがいらっしゃるところには奥さまがいるのよ。でも、奥さまは出席できないから、ディアナさまが代理をなさってるの」

「そうなんだ」

なるほど。

リーリアさまは、いつもの天真爛漫な様子は微塵もなく、洗練された動きだった。

リーリアさまの年齢を考えると、相当練習したんだろうな。

中央の通路を歩いていき、祭壇の下に立つ。

エスコートはここまでなのか、領主さまとディアナさまはリーリアさまの側から離れて席に着いた。

リーリアさまは、顔を上げて、ゆっくりと階段を上り始めた。

階段を上りきり、神官の前まで進むと、神官が口を開く。

「リーリア・ヴァレリーさま、お手を」

神官の声が聞こえてしばらく、リーリアさまを中心に光が溢れる。

色は、青っぽいのと黄色っぽいもの、あとは黒っぽいもの。

でも、黒には見えなかった。それどころか、少し鈍く、金属っぽい気もする。

こ、これってもしかして……！

「リーリアさまの魔力は六等級。魔法は青魔法、黄魔法、銀魔法をお持ちです」

やっぱり銀だ！

銀は、空間系統の魔法だ。国に一人いたらいいほうというレベルの希少さなのに、こんなに近くにいるとは。

驚いてるのは僕だけではないらしく、最前列にいる人たちや、領主さまとディアナさまも目を見開いている。

唯一この状況を理解できていないのは、白魔法がなかったことが不満なのか口を尖らせているリーリアさまだけだ。

「スキルは『速読』『詠唱破棄』をお持ちです」

神官はそう伝えると、何かをリーリアさまに渡す。

それは、金属板のようなものだ。もしかして、あれが母さんの言っていたカードかな？

「では、リーリアさまはお席のほうへ」

あっ、終わったんだと思ったところで、うん？　と疑問が浮かぶ。

終わったんなら、普通はここを出ていくんじゃないの？　なんで席に戻るんだ？

その疑問は、次の神官の言葉で解けた。

「では、続いてルイさま。こちらに」

まさかのぶっ続けですか――!?

名前を呼ばれたので、ひとまず立ち上がって祭壇まで向かう。

まさか、間髪を容れずに僕の番になるとは思わなかった。

数分の休憩は挟むかと思ってたから、その時にマナーの復習をしておくつもりだったのに。

まぁ、僕が平民というのはこの場にいる全員が知っているだろうし、最低限のマナーさえ守っていれば問題ないとは思うけど。

階段を上り、神官の前に立つ。

「ルイさま。こちらにお手を」

神官は、台の上にある円形の鏡を示す……けど、なぜか二つある。右側にあるほうが大きくて装飾も施されているけど、ただそれだけ。大した違いがあるようには思えない。

「あの……どっちに？」

「両方お願いいたします」

両方？　これらが、貴族用の検査道具なんだろうか？　リーリアさまの時は、一つだったように思えたけど……まぁ、いいか。

僕は鏡にそれぞれ手をかざす。でも何の反応もなかったので、ちょんと触れてみた。

すると、ガクンと何かが抜けていく感覚があった。

あまりにも急だったので、僕はバランスを崩してしまう。

でも、台を支えにして、どうにか立っていられた。

一体なんだったのかとその鏡を見ると、鏡はまばゆいほどの赤い閃光を放っていた。

その光は、先ほどのリーリアさまよりも強く感じる。

「ルイさまの魔力は七等級、赤魔法にのみ適性があります」

さっきの光がリーリアさまよりも強く感じたのを考えると、等級の数字が大きいほど魔力が多いのかもしれない。

最高がどれくらいかわからないけど、平民にしては多いと言われた。

リーリアさまが六等級なら、十等級が最高値かな？

「スキルは『魔力強化』『複製』――」

あらかじめおじいさんから聞いていたスキルが読み上げられていく。

うん、これであとは『複合』だけ――

「『愛嬌』『話術』になります」

スキルが増えてるんですけど!? というか『複合』は? 『愛嬌』と『話術』ってなんですか!? いや、どっちも心当たりはあるけど! ユニークスキルに『複合』はどこに消えたの?

「加えて、ユニークスキルに『複合』がございます」

ユニークスキルって何……?

もう驚きすぎて、思考が全然追いつかない。

「こちらがルイさまのカードとなります」

スキルの衝撃がすごくて、神官に渡されたカードを無心で受け取る。

ふと、違和感に気づいてカードに視線を落とした。

カードが二枚あるのだ。大きさはどちらも同じで、違いは色と装飾。黒と銀の二種類で、銀のほうが華やかに装飾してある。

リーリアさまは一枚しか渡されていなかったように見えたのに、なぜ僕は二枚?

「これ、どっちか違いませんか?」

「いえ、間違っておりません。どちらもルイさまのものです。黒のカードは平民用のもので、ルイさまが日常的に使うものです。銀のものは貴族用で、ルイさまが使うことはほとんどありません」

「じゃあ、黒だけでいいじゃないですか」

使わないカードをもらっても、持て余すだけだ。それなら、必要な黒いほうだけもらいたい。

「こちらは、領主さまの命によりご用意させていただきました。スキルの詳細を表示することが可能となっております」

あっ、そういうこと。どうやって詳細を知るんだろうと思っていたけど、このカードで知ることができるのか。

「どうやってやるんですか？」

「先ほどのように、そのカードに触れて魔力を込めていただくだけです」

言われた通りに、カードに触れて念じてみる。すると、先ほどのように何かが抜けていくような感覚があった。でも、倒れるほどではない。

それと同時に、カードに何かが浮かんだ。それは、文字のようだった。

＊＊＊＊＊＊＊＊＊＊＊＊＊＊＊＊＊＊＊＊＊＊＊＊＊

名前　　：ルイ
魔法適性　：赤
魔力強度　：七
スキル
『魔力強化』：常時、魔力を強化状態にする。少ない魔力での魔法やスキルの行使が可能となる。

『複製』：生き物以外を魔力によって作り出す。詳細を知るほど少ない魔力での複製が可能であるが、時間が経つと消えてしまう。条件を満たせば完全複製が可能。完全複製は必ず所有魔力を半分消費する。

『愛嬌』：相手の気分を高揚させ、魅了する。本人の技量や魅力に依存する。

『話術』：言葉で相手を操る。本人の技量や魅力に依存する。

ユニークスキル

『複合』：生き物以外の複数の素材を魔力で組み合わせる。元の素材の利用が可能。

※ルイにのみ行使が可能。

＊＊＊＊＊＊＊＊＊＊＊＊＊＊＊＊＊＊＊＊＊＊＊＊＊

このような文面が、カードに浮かんだ。

補足を見る限り、ユニークスキルは自分しか使うことのできないスキルらしい。

逆に、他の四つのスキルは、持っている人が誰かしらいてもおかしくないということだろう。

『愛嬌』と『話術』は予想通りの効果だけど、本人の力量に左右されるスキルのようだ。

スキルに頼りっきりなんて都合よくはいかないらしい。

母さんの『刺繍』も頭の中に模様を思い浮かべる必要があるし、一度縫ったことのある模様しかできないと言っていたから、スキルにもいろいろと制限があるのだろう。

そして、このカードのお陰で『複製』のこともわかった。僕は以前、リタちゃんのスキル『疾走』を複製したことがある。

でも、時間が経ったら『疾走』が使えなくなっていたのだ。その頃は、スキルの特性を知らなかったので、そんなものかと気にも留めなかったけど、これのお陰でわかった。

どうやら、僕は不完全な形で『複製』をしてしまったらしい。

不完全な形となったのは、僕が『疾走』について、レオンから聞いた大雑把な情報しかなかったのと完全複製をしなかったからだろう。

そのため、時間が経ってスキルの効果が消えてしまったのだと考えられる。

完全複製をしたら無期限で複製したままにできるのかもしれないけど、魔力を半分消費してしまうなら、気軽に試すことはできない。

逆に、『複合』はそんなに魔力を使うことはないみたいだ。

スキルの詳細がわかったことだし、今度試してみようかな？

「では、選定の儀はこれにて終了いたします」

ようやく終わったので出ていこうと振り向くと、リーリアさまが立ち上がってこちらに来た。

えっ、まだ何かあるの？

「リーリアさま、どうしたのですか？」

「どうしたのって……このあとは魔法のお勉強があるでしょ？　ほら、行こう」

えっ!?　魔法の勉強すらぶっ続け!?　ちょ、ちょっと休憩しましょうよ～！

◇◇◇

はい。というわけで、僕の心の訴えなど届くはずもなく、少年式から休憩なしで魔法の練習をすることになりました。

……リーリアさまと一緒に。

さすがに少年式の会場でそのままやるわけではない。

そこそこの広さを持つ空き部屋かどこかに連れていかれて、そこで行うことに。

といっても、会場に続く扉の二つ隣の部屋なので、移動は大してしていない。

「あの、別に今日じゃなくてもいいのでは……？」

「だって、魔法を使ってみたいもの。ルイは使いたくないの？」

「使いたいですけど……」

六年間、両親や兄に魔法をねだるくらいには、魔法に興味があるので、実際に使えるとなれば気持ちは高揚しているし、すぐにでも使いたい。

でも、体が気持ちについてこない。リーリアさまと僕の選定の儀を合わせて一時間も経っていないはずなのに、なぜかすごく疲れている。

明日じゃダメですかね、リーリアさま？

「もう疲れちゃって……」

「すぐに終わるよー」

気遣って後日に回してくれないかなという淡い期待は、リーリアさまに笑顔で一蹴された。

仕方ない、諦めよう。練習だけちゃっちゃと終わらせて帰るのだ。

「話は終わったかい？」

「はい、お父さま」

「はい、大丈夫です」

そう。僕が魔法の練習を渋っているのは、もう一つ理由がある。

よりによって、魔法を教えてくれるのが領主さまなのだ。

どうやら、事前に約束していたみたいで、リーリアさまは当たり前のように受け入れている。

そんな中、僕だけ遠慮することはできない。

前までは、子どもだからで多少わがままを許されたけど、リーリアさまと頻繁に交流するようになってからは、母さんに礼儀作法を叩き込まれたので、もう子どもだからという最大の切り札はほとんど使えなくなった。

魔法の授業を受けられない他の理由もすぐに思いつかない。そんなことができるほど、僕の頭はよくない。

なので、嫌々ながらも受けるしかないのだ。

「まず、前提として魔力を感じ取る必要がある。二人とも、魔力はわかるか？」

「はい、大丈夫です」

「僕も大丈夫です」

魔力らしきものは、今までの経験でなんとなくは感じ取れる。スキルを使う時に何かが抜けていくあの感覚は何度も味わったし、一度暴走したこともあるくらいだから。

「では、魔法の使い方を説明する」

領主さまはそう言うと、詳しい説明を始めた。

魔法というのは、魔力と詠唱とイメージの三つで成り立っている。

まず、自分の適性のある魔力を選ぶんだけど、これは二つ以上の適性を持つ人にだけ当てはまるので、一つしかない僕は省略。

続いて詠唱する。詠唱というのは、魔法の構造を文章……というか、プログラム（？）にしたものである。

ここからがまあまあ複雑なんだけど、魔法にはコードと呼ばれる単語のようなものが存在していて、それらは大きくギアとナンバーに分けられる。

ギアは、簡単にいえば属性の選択である。たとえば、僕が使う赤魔法はレドムという名称で呼ばれている。

その他の名称は、青魔法がブルム、黄魔法がイェルム、緑魔法がグリム、白魔法がワイム、黒魔法がブラム、銀魔法がシルム、金魔法がゴルムだ。

これは、基本となるコードなので、詠唱には欠かせない。

例外として、『詠唱破棄』等のスキルを持っていれば省略できるみたいだけど。

今はなくても、訓練すれば手に入れることのできるスキルなので、なるべく早く覚えておきたいな。

『詠唱破棄』を持っている人から完全複製する手も考えたけど、完全複製がどのようなものなのかわからない以上、リスクがないとも言い切れない。ここは安全策でいく。

次に、ナンバーと呼ばれるコード。これは、魔法の威力や形態を決めるコードである。

それぞれ一から十まで割り振られており、数字が大きければ大きいほど強力な魔法が使えるけど、その分魔力の消費も大きいらしい。

カードに表示されていた魔力強度もここで深く関わってくる。

あの魔力強度の数字は、問題なく行使できるナンバーを表していたのだ。

つまりは、僕の場合は七まで、リーリアさまの場合は六までなら問題なく発動できる。

それ以上は、発動したあとに魔力切れを起こすことがあるので、絶対にやってはいけないと領主さまが口を酸っぱくして言った。

ナンバーズのコードは一から順に、ワール、ツール、スリル、フォール、ファブル、シクル、セブル、エトル、ナイルテールとなっている。

僕は七等級なので、セブルまでは問題なく行使できる。

そして、数字が大きくなるごとに魔法の威力や効果も上がるんだけど、これは順番通りに上がるわけではない。

順番は、一、三、五、七、九となり、偶数はなんなのかというと並列発動である。

ゲーム風に言うなら、全体攻撃のようなものである。

二の場合は一の威力の魔法を同時に撃て、四が三の、六が五の、八が七の、十が九の並列発動となっている。

他にも、コードで位置や大きさを指定することもできると教えてくれたが、それらはまたおいおい説明してくれるようだ。

まぁ、一気に言われても覚えられないだろうしね。

このコードを唱えると同時に魔力を放出することで魔法となるらしい。

どうして魔法が六歳からなのかわかった。それくらいの年齢にならないと、相手の言っていることを理解できないからなんだ。単純に魔力暴走の危険があるというのもあるんだろうけど。

残りのイメージはそのまま。普通に思い浮かべるだけ。

発動だけなら詠唱でできるんだけど、レオンが前にやったみたいに水を自在に操ったりするには、動きをイメージする工程が必要みたいだ。

「ルイくんは、魔力操作はやったことあるかい？」

「ないです」

ここであるなんて言おうものなら、後日に尋問が待っているだろうからね。

「では、リーリアのあとに手伝うから、少し待っていてくれ」

「はい」

手伝うってなんだろうと思いながらも頷くと、領主さまがリーリアさまの手を取る。

リーリアさまは、領主さまの手をぎゅっと握りしめた。

しばらくそのままだったけど、リーリアさまがパッと手を離して言う。

「わかりました！」

リーリアさまはそう言うと、手をかざす。

「ワール　ブルム」

リーリアさまがコードを唱えると、目の前に小さな水球が浮かぶ。

「わぁ、すごいです！」

青魔法はレオンがよく見せてくれたけど、リーリアさまが初めて使った魔法だからか新鮮に感じた。リーリアさまは、少し恥ずかしそうに言う。

「次はルイの番だね」

おうふ……そうでした。ぼんやり魅入ってしまった。

「では、ルイくん。手を出してもらえるか」

「はい」

僕は領主さまが差し出した手に自分の手を乗せる。

すると、手のひらから何かが流れ込んでくる感覚があった。

ものすごい違和感だ。肌がぞわぞわして、あまり心地よい感じではない。

「もう感じ取れるのか？」

表情に出ていたのか、領主さまが不思議そうに尋ねてくる。

「はい……これはなんですか？」

「それが魔力だ。流れていく感覚がわかれば、自分で動かしやすいだろう？」

ああ、これはそういう意味だったのか。

それなら、僕にはいらなかったなと思いつつも、「ありがとうございます」と返した。

「できそうなので、やってみます」

僕は、意識を集中する。魔力を動かして、手のひらに集める。それと同時に、ろうそくの火をイメージする。

「ワール　レドム」

コードを唱えると同時に魔力を放出すると、手のひらで小さな火がボッと燃えた。

おおー！　これが魔法！　ついに僕も魔法使いだ！

「ルイの火、きれいだね」

「ありがとうございます」

魔力切れかはわからないけど、リーリアさまの水はとっくに消えていた。体感的に十分も経っていないと思うから、ずっと維持し続けるのは難しいのかな？

それとも、維持にすら何かしらのコードが必要なのか。

ともかく、『詠唱破棄』が欲しい！

「今の感覚を忘れずにな。一日に一度は魔法を使って練習するといい」

「「はい」」

どうやら、魔法の講義はこれで終了らしい。

ようやく帰れる……と、思ったのもつかの間、領主さまから「ルイくん」と呼び止められた。

嫌な予感を覚えつつも振り返る。

「ルーシーと一緒で構わない。三日後に屋敷に来るように」

「はーい……」

どうやら、僕の平穏はまだまだ先のようです……

◇◇◇

選定の儀を終えた三日後、僕はまた母さんとともに領主さまの屋敷に来ていた。

迎えに来た使いの人に、貴族用のカードを持ってくるように言われたので、今日はそれを持っている。

屋敷は三年間ずっと来ていたので、使用人のほとんどどとはもう顔見知りだ。

目が合うと手を振ってくれるので、振り返すくらいには仲良くなっている。

さすがに仕事中に気軽に話しかけることはないけど。

これまで通い続けて信用されているのか、今ではメルゼンさんの案内もない。

もはや勝手知ったるという感じになってしまった。

このあとの展開を想像すると憂鬱(ゆううつ)だけど、使用人たちの温かい対応にはほっとしている。

応接室に着くと、すでに領主さまが待っており、僕たちは向かいに座る。

「さて、コントラクトカードはあるか？」

「こんと……？」

僕が首を傾げると、母さんがこそっと教えてくれる。

「少年式の時にもらったあのカードのことよ」

へぇ～。あれって、コントラクトカードって言うんだ。

「持ってくるように伝えたと思うのだが」

「はい、持ってます」

カードを取り出して領主さまに渡そうとするが、なぜか受け取ろうとしない。

「説明不足だったたな。これに魔力を通して、スキルの詳細を見られるようにしてほしいんだ」

「あっ、ごめんなさい」

すっかり忘れてたよ。そうしないと情報が見られないんだったね。

僕はカードに魔力を通して、文字が浮かび上がったのを確認して、再び差し出した。

おそらく、僕が少年式の時に確認した文字が書かれているはずだ。

「君は、すでに確認しているか？」

「はい、少年式の時に」

「なら、少し確かめたいことがある」

領主さまはそう言って席を立って、そのまま部屋を出ていってしまった。

ぽつんと残された僕たちは、しばらく無言の時間をすごす。

すると、母さんが話しかけてきた。

「ルイ、魔法の練習はしてるの？」

「うん、やってるよ。言われた通り、ちゃんと『ワール』だけね」

僕は魔力強化を持っているので、当然だけどコード通りの威力よりも魔法の強さが上がっている。

だから、母さんには一人の時は『ワール』しか使ってはいけないと約束させられていた。

僕も危険性は重々承知しているので、その約束を守って練習している。

今のところ、母さんたちが懸念しているような事態にはなっていない。

「父さんにもいろいろ教えてもらってるの。お水をお湯にしたりしたよ」

父さんは、普段から料理をしているだけあって、調理関係の魔法の扱いが上手い。

たとえば、お水をお湯にしたり、火の強さを調節したり。

火の強さの調節は役に立ちそうなので、父さんに教えてもらっている。

『魔力強化』が影響してか、まだまだ父さんのように上手にはできないけど、コツコツと練習するのが大事だ。

早く『詠唱破棄』が欲しいなぁ……あれがあれば、短い時間で魔法の練習がたくさんできるのに。

はぁとため息をつくのと同時に、ドアがガチャリと開く。

顔を上げると、領主さまが何かを持って部屋に入ってきた。

「待たせたな。これを見てもらいたいんだ」

領主さまが机の上に並べたのは、割れた鏡のようだった。

側には、破片も転がっている。

「この鏡を直せるか試してほしい」

「これを直すんですか？」

鏡はヒビが入って、破片になってしまっているのもある。スキルには詳しくないからわからないけど、この場合は『修繕』のようなスキルを持っている人に任せるべきではないのだろうか。

「本来なら『修繕』のスキルを持つ者に頼むのだが、『複合』の説明には、二つ以上のものを一つにするとあった。ならば、物の修繕も可能なのではないかと思ったんだ」

ふむふむ、なるほど。確かに、複合の意味をよく知らない人なら、あの説明だとそう思うのも無理ないかも。

でも、さすがに修繕はできないと思う。

「わかりました。やってみます」

できないとは思うけど、領主さまの命ならやってみるしかない。

もしかしたら、できる可能性もあるし。

僕は『複製』スキルを使った時のことを思い出しながら、鏡に触れる。

破片とフレームを『複合』！

そう強く念じてみるけど、あの時のように力が抜ける感覚はなく、当然のように鏡はくっついていない。

「できません」

「そうか……なら、元に戻せるというわけではないのかもしれないな」

領主さまはぶつぶつと呟きながら考えている。う～ん……複合の意味を教えるべき？　でも、推測するのも確信を持って答えるのも子どもらしからぬ行動だ。

敬語を使っている時点で普通ではないけど、それはリーリアさまの話し相手として失礼のないように教育されたからだ。

別に、普通じゃないと思われたくないわけじゃない。ただ……不気味とか恐ろしいとか、そんな目で見られて、離れていってほしくないだけ。

すでに家族の愛にたっぷりと浸かっている僕は、それがゼロになることも、マイナスになることも恐ろしくて仕方ない。

あの家族ならそんなことはないと頭ではわかっていても、心がついてきてくれない。

「……ルーシー。君は、席を外してくれないか」

突然、領主さまがそんな提案をする。

なぜそんなことを言い出したりするのだろうか？

「で、ですが、ルイを一人にするわけには……」

「部屋の前で待っていてくれればいい。少し二人で話したいことがあるだけだからな」

「……かしこまりました」

母さんは、仕方なくというように頭を下げて、部屋を出ていく。何度も、僕のほうを不安げに見ながら。

「さて、ルイくん。少し大人の話をしようか」

そう言ってニヤリと笑う領主さまを見て、背筋に寒気が走った。

領主さまと二人きりになったことが、まったくないわけではない。

リーリアさまとの交流の時にも話したことがあるし、屋敷ですれ違った時に話したこともある。

でも、こんな冷え冷えとした空気ではなかった。まるで、尋問でもされそうな雰囲気では。

「君には、スキル以外にも聞きたいことがあってね」

口調は柔らかいが、有無を言わせる気のない気迫に、僕はごくりと息を呑む。

「以前に、君がいろいろなものを生み出しているという話をしただろう？」

はて、そんな話したかと記憶を思い返していると、あのお茶会の時の場面が浮かぶ。

あれ、まだ有効だったの⁉　三年間、一切音沙汰(おとさた)がなかったから、とっくに流れた話だと思ってたんだけど。

「聞けば、料理なんかも考案しているとか」

「えっ？」

ちょーっと待って？　領主さまの屋敷では料理の提案したことないよ⁉　なんでそんなこと知ってるの！

聞けばって、誰から聞いた？

「どうして知っているのか気になるかい？」

「はい。僕、誰にも言ってませんから」

ここでなんのことですか？　ととぼけても時間稼ぎにしかならないし、余計に変だと思われる。

領主さまの反応からして、僕がレシピのアイデアを出しているというのは確かなところからの情報のようだから、素直に認めたほうがいい。

「君の両親の食堂は好評でね。我が家の使用人たちも利用しているし、私も時々利用している」

「そうなんですか」

そんなにすごいんだ、父さんの料理って。

確かに、家で出るごはんもおいしいから、人気なのはわかるけど。

でも、それは僕がレシピの発案者だと知っている理由にはなりませんよ？

「その時に、変わった料理を目にしてね。ロードに尋ねたら、君が考えたのだと嬉しそうに語ったんだ」

父さーん!!　そこは自慢しなくていいところなのに！　いや、親バカの父さんが黙っていられるはずがないか。

「そうそう。店を手伝ったことも聞いたな」

父さん……話しすぎだって。もうちょっと子どものプライバシーを大切にしよう？　いや、店を手伝ったことはいずれ知られるとは思ってたから別にいいんだけどさ。

「子どもとは思えないほど丁寧な言葉遣いと接客だと聞いた。だが、以前ルーシーに尋ねた時にはそういう教育はしていないと言っていたな」

そこまで言われて、すでに嫌な予感が脳内を駆け巡っていた。

隠していたつもりでも、この領主さまの前では隠れていることにはならなかったらしい。

領主さまは、先ほどまで浮かべていた笑みを消して、僕を見据える。

「ルイ。君は……何者だ」

僕は、静かに息を呑んだ。

「料理のレシピやドレスの柄までなら、発想力の豊かな子どもとして片づけられる。だが、学んでもいないはずの礼儀を備えていることはあり得ん。誰に教わった？　何を吹き込まれた」

「えっと……」

領主さまの言葉に、僕は呆けてしまう。一度、状況を整理してみよう。

領主さまは、僕が誰かに礼儀作法を教わったと思っている。平民はがさつな人が多いので、礼儀作法を知っている人物なんて、貴族かそれに準ずる者しかいない。

そして、僕が食堂でお手伝いしたのは、リーリアさまとお話ししたあとのことである。

領主さまは僕のことをスパイか何かと疑いを持っているのかもしれない。そう考えると、母さんを部屋の外に追いやったのも説明がつく。

「誰からも、教わってないです」

領主さまの言葉に乗っかって、誰かに教えてもらったことにしたほうが、前世云々のことは隠し通せるだろう。でも、家族に迷惑がかかってしまう。

別の人間の息がかかった息子がいる者をいつまでも針子として雇っておくはずがないし、場合によっては、家族もろとも領地から追い出される可能性もなくはない。

　家族に迷惑をかけるくらいなら、隠し事はやめる。

「僕は元々、ある程度の作法を知っていましたので」

「……元々知っていたとはどういうことだ？」

　表情から読み取られているのか、僕が嘘をついているとは思っていないようで、領主さまは疑いを持っていないようだ。

「僕は、生まれた時から知識があるんです。レシピやドレスの柄も、その知識を利用したものです。知識を持っていた理由はわかりませんが」

　全部を話す必要はない。前世云々の話をしたところで、生まれ変わりという概念がなければ理解されない。なら、領主さまが理解できて納得させられる範囲のことだけ話せばいい。

　僕だって、生まれ変わった理由はわかってないから、まるっきり嘘を言っているわけではない。

「知識か……その知識というのは、他にもあるのか？」

「いくらでもありますよ。料理関係のもありますし、ドレスの他の柄も知っています。あとは、『複合』のことも」

「なにっ⁉」

　途中まではうんうんと頷きながら話を聞いていたけど、僕がスキルのことを口にすると、テーブルをガタッと揺らしながら立ち上がる。

　僕がそれに合わせて領主さまを見上げると、我に返り座り直した。

「……君の知識には、スキルに関することもあるのか？」

「すべてではないと思いますが……おそらく、という程度でしたら」

スキルは前世ではなかったけど、『複合』という言葉自体はあったし、意味も知っている。

僕の知っている複合と同じ意味だとすれば……スキルの効果は想像がつく。

「……ルイくん。話してくれないか」

「いいですよ。母さんたちに秘密にしておいてくださるなら」

領主さまに知られるのはいい。でも、やはり母さんたちに知られるのは、まだ怖い。

いずれ、心の準備が整ってから、自分の口から話したい。

「わかった。約束しよう」

領主さまはそう言うと、金属のカードを差し出した。

コントラクトカードだ。

「あの……なんですか？」

僕が困惑しながら聞くと、領主さまが首を傾げながら聞き返す。

「ルーシーから聞いていないのか？」

領主さまは、カードを見せて説明してくれた。

いわく、コントラクトカードをお互いにかざし合うと、『契約』をすることができるらしい。

契約といっても、仰々しいものではなく、いわゆる約束事だとか。

母さんの針子としての雇用契約も、このコントラクトカードを通して行われている。

口約束よりも信用が置けるとして、人に知られたくないような話は、このコントラクトカードで契約をして広められないようにしているらしい。

契約の仕方は簡単で、魔力を相手のカードに通しながら、守ってほしい約束事を相手に告げるだけだという。

「これで契約すれば、私は君の秘密を誰にも口にできない。だが、君も私に『複合』のことを話さなければならない」

「破ったらどうなるのですか？」

「まず破れるようにはなっていないが……もし破られるようなことがあれば、魔力による誓いを違えたことになるからな、額に烙印が刻まれると言われている」

「ら、烙印……？」

急に物騒な単語が出てきた。僕は、思わず額を手で覆ってしまう。

「ああ、人の手でつけるわけではなくてな。神への誓いを破れば、その神が冒涜への罰として烙印を刻むんだ。痛みや体への影響があるわけではないが、神以外の手で消すことができないから、ずっと残る。外を出歩けばたちまちみんなに知られることになるだろう」

「うわぁ……」

いくらバカにされたからって、ちょっとやりすぎじゃないですかね、神さま。

でも、烙印が刻まれるのって滅多にはないのかもしれないな。領主さまも、破れるようにできていないって言ってたし。

「では、契約をするか」

「あっ、はい」

僕がカードを取り出して領主さまのカードと合わせようとすると、領主さまは僕のカードを避ける。

「あの、動かないでくださいよ」

抗議をすると、領主さまは「違う違う」と否定する。

「こちらでやってほしいんだ」

領主さまがカードを差し出す。

それは、先ほど領主さまに渡したお貴族さま用の豪華なカードである。効果が切れたのか、すでに文字は消えていた。

「あの、なんでこれで？　コントラクトカードならなんでもいいんじゃ……」

「確かにそうなんだがな。こちらのほうが多い魔力で作ったものだから、力が強い。平民用のものでやると、強さで負けてしまって、一方的な取り決めになってしまうから、貴族用のほうがいい」

「わかりました」

よくわからないけど、領主さまがそうおっしゃるのであれば、と言われた通り貴族用のカードで領主さまと契約を交わす。

「君の知り得る限りのスキルに関する情報を話すこと」

「僕の『知識』について誰にも伝えないこと」

お互いに契約内容を告げ終わると、領主さまがカードを離す。

これで、契約完了となったらしい。便利だな。

もう一度カードを合わせて、自分の魔力を回収すれば契約は解除できるそうだ。

家に帰ったら、父さんに必ずやらないと。

また僕のことをペラペラ話されたら敵わん。

「契約成立だ。話してもらうぞ」

「はい、わかりました」

僕は呼吸を整えて、ゆっくりと口を開いた。

「スキル『複合』は、二つのものを一つにすることです」

領主さまは、わけがわからないといった顔をする。

カードに書かれていたことをそのまま言っているだけだから無理もないだろう。

「この二つのものというのは、それぞれまったく異なるものだと思っています。領主さまが見せてくださった魔法に関する曽祖父さまの手記や、先ほどの鏡の件を踏まえても、そう考えるのが妥当かと」

あの鏡は、確かに割れて複数に分かれていたけど、元は一つの鏡である。

『複合』が異なるものを一つにする力なのだとすれば、鏡の破片をくっつけることは効果の対象外となってもおかしくない。

「……確かに一理あるな。だが、君は赤魔法しか使えない。二つ以上は無理だろう」

確かに、普通なら魔法適性を増やすことはできない。

でも、僕には『複製』があるのだ。

「『複製』を使えば、魔法適性を増やすことができるかもしれません。できなかったとしても、スキルを『複製』することは可能なので、何らかのスキル同士を『複合』することはできるかと」

「なら、私のスキルで試してみるか?」

領主さまはそう言って、僕に自分のコントラクトカードを渡した。

そこには、領主さまのプロフィールが僕のものと同じように書かれていた。

＊＊＊＊＊＊＊＊＊＊＊＊＊＊＊＊＊＊＊＊＊

名前　　　：アレクシス・ルーバ・ヴァレリー
魔法適性　：赤　黄　緑
魔力強度　：八
スキル
『詠唱破棄』：魔法を使用する際、詠唱せずに発動することができる。
『剣術』　：短剣、大剣、長剣を扱うことができる。本人の力量に左右される。
『直感』　：周囲の状況、相手の言葉や態度から良し悪しを感じ取る。本人の力量に左右される。
『英断』　：優れた判断を下すことができる。本人の力量に左右される。

『統制』　：自分よりも下の人間を従わせる。反意を抱いている者や、自分よりも上の人間
　　　　　には効果がない。

＊＊＊＊＊＊＊＊＊＊＊＊＊＊＊＊＊＊＊＊＊＊＊＊＊＊＊＊＊

何、この統治者になるために生まれたようなスキルの揃い踏みは。

どこか油断できないと感じるのも当然かもしれない。

まぁ、そもそも領主さまとしての実力や適性があるんだろうけど。

さて、この中で複合できそうなものか。

……いっそのこと、これらを全部複合させてみる？　『詠唱破棄』は難しくても、他のものはできそうな気がする。

いや、魔力の消費がどれくらいになるか未知数だ。

そう考えると、まずは二つで試すのが無難かな。

と、なると……

「『直感』と『英断』を『複合』してみます」

「二つも『複製』して、魔力は足りるのか？」

「あっ、いえ。領主さまのスキルを直接『複合』させていただけないかと……」

領主さまを実験台にすると言っているようなものだし、さすがに難しいだろうか？

普通なら、自分のスキルでやれと思うかもしれないけど、自分のと領主さまのスキルで上手く

『複合』できそうな組み合わせが思いつかない。

できるだけ近い関係のものがいいと思うんだけど、それがない。

だからといって、領主さまのスキルを『複製』するのは、領主さまが懸念する通り魔力が足りない可能性がある。

「そのようなことができるのか？」

「できなくはないと思います。ただ、体にどのような影響があるのかわかりませんが」

「そうか……」

領主さまは、そう呟いて顎に手を当てる。

きっと脳内で思考を巡らせているのだろう。

「わかった。やってみてくれ」

「よろしいのですか？」

聞いておいてなんだけど、断られるものだと思っていた。

「私の『直感』が上手くいくと告げているのでな」

「かしこまりました」

僕は、領主さまに手をかざす。

多分、身振りがなくても使えるんだろうけど、こうしたほうが僕のイメージがまとまる。

このまま……と思ったところで、頭の中の僕が待ったをかけた気がした。

こんな感じで、本当に成功するのだろうか。

『複製』は、イメージが曖昧なまま複製してしまったから、不完全になってしまった。もし、『複合』も中途半端になってしまったら、どんなことが考えられるだろう。

不完全な形で合わさってしまうのはまだいい。問題は、不完全に混じり合ったせいでどちらのスキルも使えなくなってしまった場合だ。

半端にやってはダメだ。領主さまが信用してくれているんだから、全力でやらないと。

まず、スキルの情報整理からだ。

『直感』は相手の言葉や態度から良し悪しを感じ取る。『英断』は優れた判断を下す。

この二つが合わさるのであれば、相手の言葉や態度から良し悪しを感じ取り、優れた判断を下すということになるだろう。

そうなるように強くイメージして……

『直感』と『英断』を……『複合』！

僕が強く念じると、軽く力が抜ける感覚があった。

どうやら、二つのものを複合するだけなら、大して魔力は消費しないらしい。それでも、二、三回が限度だろうけど。

「魔力が減った感覚があったので、スキルは発動したと思います。カードで確かめてもらえばわかると思いますが……」

「いや、このカードはあくまで記録だからな。更新しないと新しいスキルは確認できない」

う～ん……わりと不便なんだな。そんな都合よくはいかないか。

成功したか確かめたかったな。僕がはぁとため息をつくと、領主さまはソファから立ち上がって、執務机に向かった。

そして、引き出しから石板のようなものを取り出す。

「だから、これで更新する」

更新の道具持ってるんかい！　それなら最初から用意しておいてくれればいいのに。

領主さまはその板を持ってくると、中央の窪（くぼ）みにカードを嵌（は）め込む。

その瞬間、カードを中心にその石板が光り輝く。

これが、更新の光なのだろうか。

数秒ほどで光は収まり、領主さまはカードを取り出し、じっと見つめる。

おそらくは、スキルの確認をしているのだろう。その後、領主さまの口角が上がったことで、僕はスキルの成功を感じ取った。

「上手くいきましたか？」

「ああ。見てみるか？」

領主さまが僕にコントラクトカードを見せた。

カードのスキルの説明文を確認すると、確かに変わっていた。

＊＊＊＊＊＊＊＊＊＊＊＊＊＊＊＊＊＊＊＊＊＊＊＊＊＊＊＊＊＊＊＊＊＊
スキル

『詠唱破棄』：魔法を使用する際、詠唱せずに発動することができる。本人の力量に左右される。

『剣術』：短剣、大剣、長剣を扱うことができる。本人の力量に左右される。

『統制』：自分よりも下の人間を従わせる。反意を抱いている者や、自分よりも上の人間には効果がない。

複合スキル
『大英断』：周囲の状況、相手の言葉や態度から良し悪しを感じ取り、優れた判断を下すことができる。本人の力量に左右される。『直感』と『英断』を複合したスキル。
＊＊＊＊＊＊＊＊＊＊＊＊＊＊＊＊＊＊＊＊＊＊＊＊＊

領主さまのカードには、新たに複合スキルという項目が追加され、『大英断』という名前のスキルとなっていた。

代わりに、『直感』と『英断』が消えている。

「これって、何か意味があるんですかね……？」

『大英断』というスキルは『直感』と『英断』が合わさったものだけど、ただそれだけだ。何か別の効果がついているわけでもないし、ただスキルの名前が変わっただけに見える。

これって、『複合』した意味があるといえるのだろうか？

「まだわからん。だが、『大英断』を使ってみればわかるだろう。何かわかればこちらから伝えよう」

「はい、ありがとうございます」

ひとまず、領主さまは満足してくれたみたいなので、それでよしとしよう。

そのあと、もう帰ってもいいと言われたので、部屋の前にいた母さんと一緒に家へ戻った。

第五章　冬に向けて

領主さまの呼び出しを受けた翌日、僕はコントラクトカードと睨み合っていた。

＊＊＊＊＊＊＊＊＊＊＊＊＊＊＊＊＊＊＊＊＊＊＊＊＊

名前　　：ルイ
魔法適性　：赤
魔力強度　：七
スキル
『魔力強化』：常時、魔力を強化状態にする。少ない魔力での魔法やスキルの行使が可能となる。
『複製』：生き物以外を魔力によって作り出す。詳細を知るほど少ない魔力での複製が可能であるが、時間が経つと消えてしまう。条件を満たせば完全複製が可能。完全複製は必ず所有魔力を半分消費する。
『愛嬌』：相手の気分を高揚させ、魅了する。本人の技量や魅力に依存する。
『話術』：言葉で相手を操る。本人の技量や魅力に依存する。

ユニークスキル

『複合』　：生き物以外の複数の素材を魔力によって組み合わせる。元の素材の利用が可能。

※ルイにのみ行使が可能。

＊＊＊＊＊＊＊＊＊＊＊＊＊＊＊＊＊＊＊＊＊＊

ユニークスキルの欄に注目する。

スキル同士の『複合』が可能だったことはわかった。そして、『大英断』と『複合』の説明文からして、元のスキルの能力も使えるのだろう。

それなら、領主さまが言うように、魔法の『複合』もできそうだ。完全複製には魔力の半分を消費する。でも、『複合』する時はあまり消費した感じはなかった。

一から作り出す完全複製とはちがって、スキルを合わせるだけだから魔力の消費が少ないんだろうか？　う～む……

「ルイ、今いい？」

コンコンとノックしながら、レオンが声をかけてくる。

僕はドアに駆け寄り開けた。

「レオン、どうしたの？」

今ではレオンのことを普通に名前で呼んでしまっている。

頭の中でずっとレオン呼びを続けていたら、五歳くらいからお兄ちゃんと呼ぶことに違和感を覚えてしまったのだ。

レオンも両親もそのことについては何も言わない。

「どうしたのって、冬支度しないと。ルイも今年から手伝う約束でしょ」

「あっ、そうだった！」

この国には四季がある。日本と同じ春、夏、秋、冬。

月も十二カ月で、一季が三カ月である。

そして、今の季節は初秋といったところ。

まだ冬まで三カ月はあるけど、今から準備しないと間に合わないらしい。

「ほら、行くよ」

「はーい！」

やることは、蓄えの確保と冬着の準備。

ひとまずは、服を作るための布や糸の買い出しである。

平民は、既製服なんて買えないので、糸から服を作る必要があるのだ。わざわざ機織りしているらしい。大変だなぁ……

作るのに一カ月は余裕でかかるので、冬の間に作るのが一般的なのだとか。

そんな生活を送っているから、平民の間では裁縫が上手いことが女性のステータスとなっており、領主さまのお嬢さまの針子をやれる腕を持つ母さんはモテモテだそうだ。

針子になる前から母さんの裁縫の上手さは有名だったらしいのに、なんで父さんみたいな人と結婚したんだろう？

「レオン。母さんは何の糸が欲しいの？」

「緑と青だって。だから、染物屋のルアーナおばさんのところで交換してもらおう」

「はーい」

この街になるのか、この国になるのかはわからないけど、冬支度の時はお互いに助け合うのが常識らしい。

生活に必要なものは交換するのが当たり前で、お金を使うことは滅多にないらしい。なので、僕たちがお金を使うのは、食べ物を購入する時くらいである。

ルアーナおばさんの家は、僕たちの家からそう遠くない。五分もかからないだろう。


「ルアーナおばさーん！　いるー？」

レオンがドアを強めにノックすると、中から足音がする。

そして、勢いよくドアが開いた。でも、出てきた人影は小さい。

「レオン！　久しぶり～！」

そう言ってレオンにぎゅっと抱きついてきたのはリタちゃんだった。どうやら、ここはリタちゃんのお家らしい。

「リタお姉ちゃん、久しぶり」

「あっ、ルイくん！　久しぶり～」

僕が声をかけたことで、リタちゃんも気づいたようで、今度は僕をぎゅっと抱きしめてくれる。

「それで、何しに来たの？」

「冬支度の糸をもらいに来たんだ。ルアーナおばさんいない？」

「今いないんだよね〜。何の色が欲しいの？」

「青と緑。これと交換で、それぞれ四玉くらいくれる？」

「オッケー。ちょっと待ってて」

レオンが持ってきたものを受け取ると、リタちゃんは家の中に戻っていく。

そして、すぐにかごを持って戻ってきた。

「はい、青と緑の糸が四玉」

「ありがとう」

レオンはかごいっぱいに入っている糸玉を受け取る。

背が低いからよく見えないけど、ところどころから見える糸の色は、本当に鮮やかできれいだった。

お嬢さまたちの服は最高級の糸を使うだろうし、この糸は僕たちの服に使うんだろうな。

「レオン。ちょっと持とうか？」

「大丈夫だよ。それじゃ、次行こうか」

まぁ、去年までは一人でやってたみたいだから、全然余裕か。というか、次ってまだあるの？

「うん」

いろいろと言葉を呑み込んで頷き、レオンのあとについていった。

リタちゃんの家から、さらにレオンは歩いていく。

どんどん家から離れていく。

「レオン。次はどこへ行くの？」

「トールのとこの肉屋にお肉をもらいに行くんだよ」

「お肉？」

トールくんの家が肉屋だったことにもまあまあ驚いたけど、それ以前に今からお肉をもらおうとしていることに驚いた。

お肉なんて、冷凍保存でもしておかない限り腐ってしまうのではないだろうか。

「冬に食べるの？」

「ううん。父さんの食堂で使う分だよ。冬支度のついでにもらってきてくれって父さんに頼まれたから」

「そうなんだ」

もらってくるということは、お金を払ってるわけではないのかな。それとも、さっきのリタちゃんの時みたいに物々交換だろうか。

「ほら、あそこがトールの肉屋」

レオンが指差す方を見ると、ちょうどトールくんが店の外で何やら作業をしている。この街では、平民の子どもが親の手伝いをするのは珍しい光景ではないけど、何してるんだろう？

「トール〜！」

「トールお兄ちゃーん」

僕たちが呼びかけると、トールくんもこちらに気づいたようで、優しく微笑んで手を振ってくれる。

レオンもなかなかのイケメンだけど、こうしてみるとトールくんもなかなかの顔立ちなんだよな。

レオンがカッコいい路線なら、トールくんは可愛い路線だ。

「ロードさんのおつかい？」

レオンは常連なのか、トールくんも僕たちが来た理由がわかっているようだ。

「うん。一塊（ひとかたまり）くれる？」

「わかった。父さんたちに伝えてくるよ」

どうやら、奥に親がいるらしい。

建物の中に入ってしばらくすると、男の人と一緒にトールくんが出てきた。

奥から出てきたお父さんらしき人は、髭（ひげ）を生やしていていかつい姿をしている。

まったくと言っていいくらい似てないんだけど。

「よう、レオン。一カ月ぶりか？」

「久しぶり、ゲイルおじさん」

トールくんパパの名前はゲイルって言うのか。今後も会うだろうし、覚えておかないと。

「うん？　そっちのチビは見たことないな」

「ああ、こっちは弟の――」

「ルイです」

僕がレオンの言葉を引き継ぐように自己紹介すると、ゲイルさんは荒々しい手つきで頭を撫でる。

「俺はゲイルって言うんだ。トールからレオンの弟の話は聞いてたが、お前のことだったんだな」

「うん。一緒にフェラグやったよ」

僕はゲイルさんにそう返した。

まぁ、僕は途中で帰っちゃったんだけどね。リタちゃんに伝言を任せてしまったけど、トールくんたちを心配させちゃったかもな。

「そういえば、ルイくんも足が速かったってリタが言ってたけど、ルイくんも『疾走』を持ってたりするの？」

「僕は知らないんだよね。見たことないし」

トールくんの質問にレオンが首を横に振る。

そういえば、僕のスキルが載ってるカード領主さまだけに見せて、レオンたちには見せてなかったっけ。あのおじいさん先生のところで調べた時も言ってなかった気がするし。普通なら、真っ先に見せる相手って家族だよね。これは失敬。

「気になるなら見る？」

「うん、見たい！」

強く頷いたレオンに、僕は平民用のコントラクトカードに魔力を通してから渡す。貴族用はいろいろとまずいだろうからね。

「う～ん……『疾走』は持ってないみたいだね」

「えっ！　それじゃあ、スキルなしでリタから逃げてたってこと!?」

レオンがそう言うと、トールくんが驚く。

「う、うん。まぁ……」

『複製』がどうのなんてややこしい話はできず、僕は曖昧に言葉を濁す。

子どもだから理解できないかな、なんて軽い思いだったんだけど……

「もしかして、この『複製』ってやつじゃない？　僕、母さんから聞いたことあるよ？」

トールくんが鋭い指摘を入れる。

「もしかして、クラウディオのやつ？」

「そうそう！」

レオンも何か思い出したようで、二人ともテンションが上がっていた。

何それ。聞いたことないんですけど。

「クラウディオってなに？」

「あれ、母さんから聞いてない？」

僕がこくりと頷くと、レオンとトールくんが説明してくれる。

クラウディオというのは、昔の偉人の名前で、災厄の化身とも呼ばれる魔獣を退治したり、凶悪な魔族を根絶させたりと、いろいろな伝説を残しているらしい。そして、僕と同じ『複製』のスキルを持っていたのだとか。

「平民も貴族も語り継いでいるから、みんなが知ってるんだよ」

「へぇ～」

だから『複製』が伝説扱いされてたのか。

そのクラウディオという人がどういう人かはわからないけど、伝説になるくらいならスキルを使いこなしてそうだなぁ……僕はいまだにわからないことだらけだけど。

「ほら、肉を持ってきたぞ。お前らは話に夢中になると止まらないからな」

「ご、ごめん……」

どうやら、クラウディオの話題で盛り上がっている間にゲイルさんがお肉を準備してくれたらしい。

息子のトールくんはもちろんのこと、昔から交流していると、レオンの性格も知ってるんだろうな。

「じゃあ、ルイ。一度家に戻ってから他の食料を買いに行こうか」

「うん」

僕は見送ってくれるトールくんに手を振りながら、帰路についた。

一度家に戻った僕たちは、お肉を届けるために父さんのいる食堂に顔を出した。

糸は母さんの部屋に置いた。直接渡さないのは、母さんがディアナお嬢さまにドレスを届けに行っており不在のためだ。冬用のドレスは、雪が積もる前に届けておくらしい。僕たちが買い出しを終える頃には帰ってくると思うけど。

「父さーん。もらってきたよー」

「おー。ここに入れておいてくれ」

父さんが箱のようなものの扉を開けた。レオンがそこにお肉を入れるのを見て、僕は父さんに尋ねた。

「父さん。これってなに？」

「これは、食材を冷やしておく魔道具だ。青の魔鉱石を使っているんだ」

そう言いながら、父さんが上のほうを示す。そちらを見ると、水差しのものよりも一回り大きな青い石がついていた。

これが箱の中身を冷やしてくれるというわけか。まんま冷蔵庫だな。

「氷も作れるの？」

「いや、さすがにそれはできない。あくまで冷やしておくだけだ」

なるほど、冷凍庫の機能はついていないのか。この辺りの気候は、冬は寒く夏は涼しい。だけど、まったく暑い日がないわけではない。

氷を作れるのなら欲しいけど、氷を生み出すのはかなり難易度の高い青魔法らしく、レオンもできないそうだ。

リーリアさまならできるかもしれないけど、さすがに領主のお嬢さまを冷凍庫扱いはできない。

でも、この冷蔵庫の技術を応用すれば、冷凍庫を作り出すことはできるのではないだろうか。

「氷を作るやつはないの？」

「存在はするが、相当質の高い魔鉱石がいるからな。値段も高くなるし、貴族の屋敷くらいにしかないぞ」

くぅ……経済力の壁がここにも……

領主さまのお屋敷にならあるのかな。

「ルイ、氷が欲しいのか？」

「うん。ジュースに入れたら冷たくておいしそうだもん」

この地域は冬が寒いから、水を外に置いておけば凍るけど、それは冬にしかできない方法だ。どうせなら、一年中安定して手に入れたい。

それに、冷たい飲み物は夏にこそ需要があるものだから。

もし凍らせることができるようになれば、アイスクリームとかも作ってみたいんだけどな。

「それなら、俺のほうでもなんとかできないか試してみるから、ルイも考えておいてくれ」

「うん！　ありがとう、父さん」

まずは、領主さまにおねだりするところから始めようかな。

◇　◇　◇

家でのお話を終えて、また買い出しを再開。

今度は、保存のきく食材を買いだめしておくらしい。

実りの多い今の時期が一番安いから、この時期に買っておくのだと道中でレオンに教えてもらった。

「お野菜とか買うの？」

「それもそうだけど……あれもかな」

レオンが指差した場所には、ボトルのようなものが並んでいる。

ビンのような形だけど、素材は木のようだ。

一体、これは？

「これ、なんなの？」

「…………レーブ」

レオンがボソッと呟き、僕は呆れ顔になった。

レーブというのはお酒のことで、中でも、ビールを指すことが多い。

この国では、お酒の購入に年齢制限はないので、誰でも買うことができる。

だが、我が家でお酒を求めるのは一人しかいない。

「……父さんが買ってきてって言ったの？」

「うん……」

まったく。いくら自分で買うと母さんに怒られるからって、子どものおつかいで、しかも冬支度のついでで頼むのはどうなんだ。

母さんは、父さんにはワーワー文句を言うけど、僕たちには甘い傾向にあるので、子どもたちが買ってきたとなれば見逃してもらえると思っているのだろう。

そんなに上手くいくかな？

「それはあとでいいんじゃない？」

「そうだね。先に奥のほうに行こうか」

母さんに見つかったら、父さんに頼まれたで押し通すことにしよう。

ついでに、お酒を使う料理を提案すれば母さんの機嫌も直るかも。

「レオン。何を買うの？」

「う～んと……まずはポテトかな？　あとは、ラディとキャルを買えばいいと思うよ」

ポテトはそのままじゃがいも。ラディは大根でキャルはニンジンである。冬の備蓄なので長く保存できる根菜などを中心に購入するらしい。

凍らせることができれば葉物とかも買えるんだけどなぁ……これは、早急に冷凍庫作りに取りかからなければ。

「とりあえず、そこにあるポテトから……」

「レオン。家から遠いお店から買ったほうがいいよ。どんどん荷物が重くなるから」

前世での僕は、買い出しをやることもあった。一応、必要な食材は両親が週末にまとめて買い物をしていたけど、予想よりも早くなくなってしまった食材などは、僕が学校帰りに購入していたのである。

そんな状態での買い物は、元々重い教材に加えて、購入品で重くなる。

買い物中はカートを使えるからいいけど、帰りなんて地獄だった。子どもだから歩いて帰るしかないしね。

そんな経験をしている僕は、帰り道の大荷物というものがどれほどきついかわかる。手前から買っていった結果、全部買い終わった頃には、家までの距離が長くなるというのは避けたほうがいい。

「そうだね。奥から行こうか」

僕の言葉に納得してくれたようで、レオンはポテトを買わずに素通りする。

そして、奥の区画にあったキャルから手に取る。

「キャルを十本」

十本もいるの!?

さすがにそんな買いだめをした経験はないため、僕が驚くものの、店番のおじさんは驚く様子もなく値段を提示する。

「百リエだ」

レオンは小銭を入れた袋から百リエを取り出して店番に渡し、キャルを十本持っていく。あれ、この量ってもしかして普通ですか？

「ルイもやってみる？」

「どれくらいいるかわかんないし……僕は荷物持ちだけでいいかな」

これからは、この世界の金銭感覚も養わないとな……

買い出しが終わり、僕たちは家へ帰宅しようとしていた。

「重い……」

十本のキャルを持つことになったが、このキャルは、僕が見慣れているものより一回り大きく、かなりの重さだ。二キロはあるんじゃないだろうか？　まだあまりお手伝いをしていなくて、重いものを持ったことがない僕はかなり運ぶのに苦戦していた。

「ルイ、大丈夫？　僕がもう少し持とうか？」

いや、レオンはもうそれ以上は持てないというか、持たないほうがいいよ！

レオンは、ラディを四本、ポテトを二十個詰めた袋を持っている。ラディもポテトも、前世で見た大根やじゃがいもよりも大きい。

総重量は、確実に五キロを超えている。

その細い体のどこにそんな力があるんでしょうか？

「ううん、大丈夫」

思わずそう聞きたくなるのを我慢して、僕はレオンに笑いかけた。

「それじゃあ、最後にあれを買って帰ろうか……」

「うん」

レオンが指差したレーブを見て、僕は無感情で頷いた。


家に戻った僕たちを母さんが笑顔で迎えてくれた。

父さんはというと、なぜか脇で正座させられている。

その様子を見て、寒気を覚えたためか、重い荷物による疲れは一瞬で吹っ飛んだ。

「お帰り、二人とも」

「た、ただいま……」

僕とレオンの視線が、挨拶してくれた母さんではなく、正座している父さんのほうに向く。

あの、何があったのでしょうか?

「父さん、どうしたの?」

僕がおそるおそる尋ねると、母さんがしゃがんで、僕の肩にぽんと手を置いた。

「気にしないで」

はい、気にしません。何も聞きません。

僕が何度も何度も頷くと、母さんはゆっくりと立ち上がった。

「それより、買ってきたものを入れておいてくれる?」

「僕がやるよ！」

「僕も！」

レオンが危険を察したのか、率先して冷蔵庫に向かったので、僕も急いでレオンのあとを追う。

野菜を仕舞っている途中でちらりと父さんの様子を窺うと、父さんが母さんに引きずられるようにしてどこかに消えた。

父さん、お達者で。骨は拾っておくよ。

冬に備えた買い出しを終え、僕は出かける前にやっていたスキルの使い道を再び考えていた。

僕は、持っているスキルのうちの二つに注目した。

『愛嬌』：相手の気分を高揚させ、魅了する。本人の技量や魅力に依存する。

『話術』：言葉で相手を操る。本人の技量や魅力に依存する。

「う～ん……『愛嬌』と『話術』って合わせられるのかなぁ……？」

領主さまに頼まれた時は思いつかなかったけど、コントラクトカードの説明を見る限りできなくはなさそうなのだ。

試してみたいけど……更新の道具がないとどんなスキルになったか、そもそも成功したかどうかもわからない。

魔力の消費がスキルの成功時だけならいいけど。失敗した時にも消費する可能性はある。そうなると、成否はわからない。

母さんを通じて領主さまに更新の道具を使わせてもらえるように頼もうか。僕の前世の知識と交換なら意外と貸してくれるかもしれない。

料理のレシピとか？　それか、前世の家電を元に魔道具を設計してみるのもアリかも。

領主さまにも喜ばれそうな料理のレシピで、この国では見たことがないものは……

「香草焼き……とかかな」

香草は、薬草としての効能を持っているものが多い。

この国でも医者や薬という概念はあるし、薬草もいくらかは存在しているだろう。種類にもよるだろうけど、そこらに生えているようなものなら安価で買えるだろうし、もしかしたら薬屋で交換してもらえる可能性もある。

母さんにその辺りも含めて頼んでみよう。父さんのことが片づいたら……だけど。

「ルイ～!!　ちょっと来て～！」

「は～い！」

下からレオンが大声で呼んでいるのが聞こえて、僕は部屋から出て階段を駆け降りる。でも、下から聞こえた声は、どの部屋で呼んでいたのかわからない。

「レオン、どこ～？」

「こっちこっち！　食堂の調理場！」

僕は廊下に通じている食堂の調理場の裏口のドアを開ける。

そして、調理場にいるレオンに駆け寄った。

「レオン、どうしたの？」

「今日のお昼は、僕が料理当番なんだけど、火がつかないんだ。だから、ルイの赤魔法で火をつけてくれないかなって」

我が家では、母さん、父さん、レオンがローテーションを組んでご飯を作っている。今日はレオンの番というわけだ。

僕も、それなりの年齢になったらこのローテーションに加わることになるだろう。

「いいけど……なんで火がつかないの？」

「多分、魔鉱石の効力が切れたんだと思う。新しく交換するまでは、魔法で火をつけるしかないんだ」

「そっか……」

魔鉱石って、寿命があるんだな。電池みたいなものなのだろうか。用途が限られている分、電池よりも不便な気がするけど。

「じゃあ、母さんに新しく買っていいか聞かないといけないよね」

「いや、魔鉱石はもう一度魔力を通せばまた使えるよ？」

いし。

「えっ、そうなの!?」

訂正、再利用可能なんて電池よりも便利だ。しかも、再利用方法が魔力だからお金もかからな
「石が壊れたら無理だけど、それまでなら」

さすがに無制限で使えるほど甘くはないか。それでも、かなりの性能だけど。

「じゃあ、僕が魔力を込めようか？」

僕の魔力は貴族のリーリアさま並みにある。

魔鉱石に魔力を補填（ほてん）することくらいできるだろう。

「でも、かなり魔力を使うし、ルイには『魔力強化』もあるでしょう？　魔力を込めすぎると魔鉱石は壊れるから」

前言撤回。やっぱり自分の考えが甘かった。

僕の『魔力強化』はパッシブスキルだ。だから、僕が魔力の調整をすれば問題ないけど、僕が魔力を使ったのは赤魔法とスキルの時だけで、スキルは自動的に必要な魔力が消費されるし、赤魔法は一番弱い『ワール』しか使っていないのに加えて、その魔法を持続させたことがないから、魔力を使い続けるといった経験がない。

「それなら、父さんに頼めば……」

「今の父さんにそんなことができると思うなら、呼んできてくれない？」

……できないでしょうね、きっと。

まだ母さんに叱られているだろうし。

「わかった。火をつけるよ」

「うん、よろしく」

僕は、コンロの下にある薪（まき）に手をかざす。

「『ワール　レドム』」

僕がコードを唱えると、薪に小さな火が灯り、しばらくして燃え上がった。

「わぁ！　ありがとう、ルイ」

「どういたしまして。その代わり、おいしいご飯作ってよ？」

「任せておいて！」

自信満々に言うレオンに密かな期待を抱きつつ、僕は調理場を出た。

ご飯を食べる頃には、母さんがいつもの優しい状態に戻っていると信じて。

◇◇◇

その翌日、本格的な冬を迎える前にと、僕たちは近所の子どもたちと遊んでいた。

今はお屋敷も冬支度で忙しいのか、リーリアさまの話し相手としてお呼びがかからなくなり、時間ができたのだ。

「そういや、あの話聞いたか？」

遊びの休憩中、サンくんがそう言って話を切り出した。

「あの話って？」

レオンが聞き返すと、サンくんは「決まってるだろ」と言う。

「最近、この街にフードを被った変な集団がいるって噂のことだよ」

「あっ、わたしもお母さんから聞いたことあるよ！」

「僕も」

リタちゃんとトールくんがサンくんの話にうんうんと頷く。

リリーちゃんとレオンは心当たりがなさそうだ。

僕もさっぱりわからない。

「なあにそれ？」

僕が代表して尋ねると、トールくんが説明してくれる。

「最近、黒いフードを被った人たちが集まっているのを見たって人たちが何人もいるんだ。それも、一人や二人じゃなくて、五人とか、八人くらいいたって言う人もいるよ」

多っ⁉　僕が外に出るようになって三年経ったが、そんな怪しい集団見たことないよ⁉

「その人たち、危ないの？」

「お母さんからは何もしないって聞いたよ。街の人と目が合うとどこかに逃げていっちゃうんだって」

今度はリタちゃんが答えてくれた。それを聞いて、ますます不安になってくる。

街の人と目が合うだけで逃げるなんて、やましいことがあるとしか思えない。そんな人たちがこの街をうろついているのか……

「だから、母ちゃんに太陽が地面にもぐる前に帰ってこいって言われてんだよ。そいつら、夜に見ることが多いみたいだからな」

いや、それは不審者がいなかったとしても子どもなら当たり前なのでは？　この街には街灯もないし、お巡りさんとかもいないから余計にだよ。

「まぁ、冬ごもりすることになれば、そもそも外に出ねぇだろうけどな」

冬ごもりというのは、そのままの意味で、冬に家にこもることである。冬は雪がたくさん降るし、吹雪が吹くこともあるから、冬に外に出るのは危ないのだ。

冬支度が早かった理由がこれである。本格的な冬になったら外に出られないし、そもそも何も売ってない。

その黒フード集団が何者かはわからないけど、さすがにそんな悪天候の中で妙なことはしないだろう……しないよね？

その後、黒フード集団の件もあり遊ぶ時間はいつもより短めにして、日が沈む前に帰宅することになった。

◇　◇　◇

帰宅した僕たちは、食事の時に両親に先ほどの話をした。

「父さんと母さんは知らない？」

母さんの機嫌は、まだいいとは言えない。

僕たちにはいつも通りだけど、父さんとあまり目を合わせようとしない。

二人が夫婦喧嘩するのはこれまでも何度か見たけど、ここまで長期戦になったのは初めてではないだろうか。

僕が問いかけると、二人はお互いに顔を見合わせる。でも、何も言うことはなく、静かに目を逸らした。

知らないのかと思った時、父さんが口を開いた。

「常連客の噂話で聞いたことがあるけど、あまり気にしてなかったな」

「私は知らなかったわ。最近、領主さまの屋敷に行ってて近所の人とお話ししてなかったから」

母さんは、元々ディアナお嬢さまの針子だったのに加えて、今はリーリアさまも担当している。

それに、僕がリーリアさまの話し相手として屋敷に訪問する時には付き添ってくれる。

下手をすれば、家より屋敷ですごす時間が長い日もあるし、近所の人との付き合いが希薄になっていてもおかしくない。

「それって、ただうろうろしてるってだけだろ？　格好は妙かもしれないが、旅人って可能性もあるしな」

「でも、噂話になるってことは、ずっと目撃されてるってことじゃないかしら。何日も何もしないまま街にいるのって不気味じゃない？」

父さんはそうか？　とでも言いたげな顔をしているけど、僕は母さんの言葉に全面的に同意する。

何もしていないからこそ、目的がはっきりしなくて怖いのだ。

父さんが言うように、ただの旅人かもしれないし、そうだったらありがたい。

でも、そういう希望的観測はえてして外れることのほうが多い。

今の僕にできるのは、家族が巻き込まれないように警戒することと、早く二人が仲直りするように祈ることくらいだ。

第六章　失踪したレオン

僕は一体、どうするのが正解なのでしょうか？

「ルイはわたくしといるのです！」

「今日だけはダメなんです！」

リーリアさまとレオンが、僕の腕を引っ張って僕を取り合っている。

両親はというと、レオンのほうを止めようとしているけど、レオンも珍しく強情で僕の腕を離そうとしない。

リーリアさまもお付きの人に止められているけど、離す様子はない。

どうしてこうなったのか。時は、三日前に遡る。

◇　◇　◇

食事の場での祈りが効いたのか、両親の仲が元通りになり始めた頃、久しぶりに僕宛てに招待状が届いた。

内容は、三日後に僕を屋敷にお誘いしたいとあるだけで、具体的なことは何も書かれてない。

この時点で、何かおかしいと思った。いつも僕を招待する時は、事前に手紙で確認を取ってくれるのに、今回は一方的だったし。

まぁ、このようなことが一度もなかったわけではない。明日屋敷に呼びたいと急に言われることも時々あったから。

理由はなんとなく察しがついている。

でも、よりによって三日後というのはいただけない。

その日はすでに大事な予定がある。

普通なら何がなんでもお受けするのが礼儀というものだろうけど、今年は難しい。

返事をするためには、母さんから紙をもらわないといけないので、その時点でリーリアさまから誘いがあったことは知られてしまった。

僕が母さんに断ろうと思っていることを伝えると――

「お嬢さまの招待を断ったらダメよ」

領民として当たり前の言葉が返ってきた。

「でもさ、三日後なんだもん」

僕がそう答えると、母さんも少し悩む素振りを見せた。

まだ他の日なら僕だって断らないし、母さんも何がなんでも行かせようとしただろう。

母さんは思考を巡らせた末に、代案を口にした。

「それならせめて、他の日にちを提案してみなさい。断るだけなのは失礼よ」

「うん。わかった」

僕は、母さんから紙をもらって、お断りの言葉を丁寧にオブラートで包み、他の日時でどうかと書き添えてから、外で待ってくれていた使者の人に渡す。

これで、リーリアさまが折れてくれるといいんだけど……

だが、そんな甘い考えはすぐに打ち砕かれた。

翌日、使者が持ってきた返事にはこのように書いてあったのだ。


三日後しか認めません。

リーリア・ヴァレリー

今回は宛名すら書いていない。

僕は、大いに戸惑った。

空いてないならまだしも、認めないとはどういうことかと。

三歳の頃から三年間、呼ばれたらリーリアさまの元にすぐに駆けつけたのだから、今年くらいは譲ってくれないかなぁ。

どうにかこの思いを汲み取ってもらいたいんだけど。

僕たちもならしょうがないねと折れるわけにもいかず、再びお断りの返事を書いた。

リーリアさまからは、わかりましたという返事がすぐに届いた。

これで解決したと思った。

翌日、リーリアさまの乗った馬車が家の前に止まるまでは。

リーリアさまはもはや力ずくで、僕を屋敷に連れていこうとしているようだった、
だが、それをレオンが黙っているはずもなく、必死に抵抗した結果、引っ張り合いになったのだ。

こうも互いに譲らないのは、二人ともその日が大事な日だからだ。

「明日ならいいですけど、今日だけは絶対にダメです！　今年はみんなでやるって決めたんですから！」

「今年はわたくしが少女式を迎えためでたい年よ。わたくしの誕生日は、ルイもお祝いするべきなの」

「絶対に行かせません！　今年の僕の誕生日は、こっちですごさせるんです！」

そう。争っている理由は、僕がどちらの誕生会に出席するか、ということである。

運命のいたずらか、レオンとリーリアさまの誕生日がまったく同じなのだ。

僕がそのことを知ったのが、三歳の時。リーリアさまと交流を始めた年である。

リーリアさまにお誕生日を一緒にお祝いしてほしいと相談され、その日にちがレオンとまったく一緒だったのだ。

僕としては、リーリアさまよりも身内のレオンのほうをお祝いしたかったんだけど、お嬢さまのお誘いを断るわけにはいかないからと、レオンが僕にリーリアさまのほうに行くよう促したのだ。

でもそれは一度では終わらなかった。

その日以来、毎年リーリアさまが誕生日には一緒にいたいとおねだりし始めたのだ。

最初のうちは、レオンも渋々譲ってくれていたんだけど、あのブラコンのレオンもとうとう我慢の限界が来たのが、昨年。

来年は絶対にこっちを優先してほしいと、一年越しの約束をしていたのだ。

僕もそろそろレオンのことをお祝いしたいと思っていたし、優先順を考えたらレオンのほうだから今年はこっちにいるつもりだったんだけど……

リーリアさまは、それを譲るつもりがないらしい。

「それなら来年はそっちでいいから。でも、今年はわたくしのほうに来てもらうの！」

「三年ずっとそちらでお祝いしてるじゃないですか！　もう行かせたりしません！」

二人ともだんだん僕の腕を引っ張る力が強くなる。

ちょっとちょっと！　このままじゃ腕がちぎれそうなんですけど！

「あ、あの……」

僕がかぼそい声を上げると、二人はようやく僕の存在を思い出したようで一斉に尋ねる。

「ルイ！　ルイは僕と一緒がいいよね⁉」

「いいえ、わたくしと一緒がよいのでしょう⁉」

「そんなことより、痛いから離してください‼」

大きく叫ぶと同時に周囲は静まり返り、僕の声がこだまする。

レオンとリーリアさまがハッとしたように僕の腕を離したので、僕は少しバランスを崩した。

でも、なんとか立っていられた。

「ご、ごめん、ルイ……」

「痛くするつもりはなかったのです……」

二人は申し訳なさそうに謝罪する。

本当に、どこまでも似ている二人だ。

「なんで僕の意見を聞いてくれないんですか？　二人だけで争わないでください」

「で、でも。ルイは僕と一緒にいるって約束してくれたよね？」

「この季節はお父さまもお姉さまもお忙しくて一緒にお祝いできないことは、ルイはご存じでしょう？　わたくし、一人は嫌なのです」

二人が必死に訴えてくる。

レオンの言う通り、僕は去年から今年のレオンの誕生日は一緒にすごすと約束していた。だからこそ、リーリアさまのほうを断っていたのだ。

でも、せっかくの誕生日に、家族や友だちが誰もお祝いしてくれないというのも寂しいだろう。

リーリアさまは六歳。まだまだ親に甘えたい年頃だ。領主さまたちもなるべく時間を取ろうとはしているらしいけど、そう都合よくいかない事情も理解できる。

本音を言えば、今年はレオンのお祝いをしたい。

でも、寂しがるリーリアさまを想像すると、そっちが気がかりで心から祝えるかわからない。

そこで、僕は妙案を思いついた。

「……では、両方に出席するというのはどうでしょう？」

僕の提案に、レオンとリーリアさまだけでなく、両親やお付きの人も首を傾げる。

「レオンもリーリアさまも譲れないなら、僕がどっちにも出られればいいんです。二人の誕生会を一つの会場でやれば、どっちのこともお祝いできるでしょう？」

レオンとリーリアさまが顔を見合わせる。

そんなことは考えもしなかったというように。

母さんたちやリーリアさまのお付きの人を見ると、顔が青ざめていた。

まぁ、リーリアさまの話し相手としてマナーを学んだ僕にはわかる。

両方の願いが叶うとはいえ、だいぶ失礼なことを言っているからだ。

貴族のパーティーは、主役は基本的に一人である。一家主催でパーティーを開催することはあるものの、まったく無関係の人間が同時に褒め称えられるというのはない。

なぜなら、パーティーは自分を誇示する場だからだ。

自分や家の存在をアピールして、地位を築くための手段である。

そんな場でまったく無関係の人間をもう一人主役にしろというのは、相手を侮辱しているも同然である。

「あなたよりもこちらの人のほうがこの場にはふさわしい」とも取られかねない。

だが、僕は何も失礼だと気づいていないわけではなかった。

むしろ、あえてこの提案をしたといってもいい。

「会場が領主さまのお屋敷ならいいかもしれませんね。三歳だった僕が入れたのなら、レオンも入れるでしょう？　父さんも領主さまに勝手に息子の自慢話をするくらいの仲みたいですし」

僕が最後にトゲのある言い方をしてみれば、父さんがどうしてそれをと言わんばかりに目を見開く。

そんな父さんを母さんは冷たい視線で見ていた。

「ロード。私たち、いろいろと話さないといけないことがあるみたいね……？」

「そ、それはいったんあとにしないか？　今はそれより、ルイがリーリアさまのお祝いに出席するかどうかだろう」

いや、それについてはさっき答えたじゃん。

「だから、レオンのことも一緒にお祝いしてくれるなら行くって言ってるでしょ」

「わたくしの誕生日なのよ？　それなのに、どうして平民なんかと――」

リーリアさまは、そこまで言って口を噤んだ。

自分がまずいことを言ったと自覚したらしい。

顔を青くしているリーリアさまと目が合う。

僕の心は今の気候のように冷えきっていた。

「そうですね。兄は平民で、僕も平民です」

僕は自然と、そう返していた。

かなり意地悪な発言かもしれない。

これ以上はダメだ、と思ったけど口が無意識に動いてしまう。

「リーリアさまの誕生日を祝う場に、平民の僕たちはふさわしくないでしょう。そんな僕を招待してくださったリーリアお嬢さまの慈悲に深く感謝いたします」

リーリアさまに友人だと思われるのは嬉しいし、僕もリーリアさまのことは友人であり妹のような存在だと思っている。

でも、そこまでだ。リーリアさまが、実際の家族であるレオンよりも優先されるかと聞かれたら、答えはノーである。

今までリーリアさまのお祝いに出席していたのも、家族に直接お祝いしてもらえないリーリアさまへの同情心もあったけど、一番はリーリアさまの機嫌を損ねることで家族に迷惑がかかるのを避けたかったからだ。

「僕は、兄の誕生日を祝いたいです。ですが、リーリアさまが命令なさるのであれば、ヴァレンの民として従いましょう。僕は平民ですからリーリアお嬢さまの命は絶対ですので」

最後に一押しとばかりにそう言うと、リーリアさまが泣き出しそうな顔をする。

意地悪な言い方をしているとは思う。

リーリアさまが、特別な立場にあるのを指摘されるのが嫌いなのを知ってて言ってるのだから。

リーリアさまは、僕のことを本当に対等な人間として見てくれている。だから、僕が本気で拒否したら、そのことを強要したりはしないし、僕が平民だからと卑下したら、すぐさま説教してくる。

リーリアさまにとって、僕は初めての友だちで、とても特別な存在なのだろう。

だからこそ、平民と貴族という立場の違いに頭を悩ませているのだろう。

まだ僕が身分差を理解できない子どもならば、多少無礼に振る舞っても多めに見られるが、少年式を迎えて、ヴァレンの民として認められた以上、もう無邪気なだけではいけない。

平民と貴族という距離感でなければならないのだ。

リーリアさまが、悲しむとわかってても。

「……わかりました。また後日、お伺いしますわ」

僕たちに背を向けて、静かに立ち去るリーリアさまに、僕たちは礼をする。

普段なら、馬車が去るのを見送るけど、今日はそんな気分になれずに、僕は早々と家の中に戻った。

部屋に戻って、僕はすでに後悔していた。

「明らかに言いすぎだよなぁ……」

僕の立場を考えたら、あの場で首を切られてもおかしくないほど無礼な振る舞いだった。

何事もなく済んでいるのは、リーリアさまが問題にしなかったからだ。

でも……レオンを『平民』と言われたことには、腹が立ってしまった。

レオンが平民なのは事実だ。でも、リーリアさまは今まで僕のことを平民扱いしたことはなかった。

お互いにある程度の節度を守って接してはいたけど、僕は向こうが貴族だと気張ったりしなかったし、リーリアさまも僕が平民だからと露骨に見下したりわがままを言ったりしなかった。

だから、リーリアさまもそういう子だと思っていたけど……時間がたつと人は変わるのか、それとも僕が初めての友達として特別だっただけなのか。

「ルイ、ちょっといい？」

様子を窺うようにドアを開けたのは母さんだった。

「なに？」

「緊急の伝令が来たの。今から私と領主さまの屋敷に行くわよ」

えっ!?　今からですか？　さっきリーリアさまが来て喧嘩したばかりだから、あまり行きたくないんだけど……

「お、お断りは……」

「できないわよ。領主さまの命令だもの」

ですよね～。こうなったら、リーリアさまに会わないことを祈るしかないか。

領主さまの屋敷に着いた僕たちは、早々にメルゼンさんに応接室へ案内された。

リーリアさまにお会いしなかったことはほっとしたけど、いまだにどんな用事かわからない。

「すまない、遅れてしまった」

領主さまは、ノックもなく入ってきた。

息切れしているようにも見えるし、よほど急ぎの用事のようだ。

「領主さま、何のご用でしょうか」

「それを話す前に、口外禁止の契約をしてもらいたい」

「かしこまりました」

母さんは理由を尋ねることなく、すっとコントラクトカードを取り出した。すでに内容に心当たりがあるのか、それとも長年針子として勤めてきた経験からなのか。

「ルイ」

名前を呼ばれて僕ははっとして、自分のコントラクトカードを取り出す。

母さんに倣って、平民用の黒いものを見せたけど、領主さまは特に指摘せずに、まずは母さんとカードを合わせた。

「これから話すことは口外してはならない」

領主さまは母さんとの契約を済ませると、続けて僕のほうにカードを差し出す。

契約は一人ずつとしかできないのかな。

「これから話すことは口外してはならない」

母さんに告げた言葉と同じ言葉を告げると、領主さまはカードを仕舞った。僕もカードを仕舞って領主さまと向き直る。

「今回二人を呼んだのは、妻が理由だ」

母さんは領主さまの言葉に目を見開いたけど、僕はやっぱりという感想だった。

少年式の日、リーリアさまは自分の母親を治すために白魔法が欲しいと言っていた。

そもそも、僕がリーリアさまの話し相手に選ばれたのも、奥さまが寝込んでしまい、リーリアさまの遊び相手がいなくなってしまったからである。

風邪をこじらせたと当時は言っていた気がするけど、こんなに長引いているということは、やっぱり風邪ではなかったのだろうか。

「風邪じゃなかったんですか？　三年前にそう聞きましたけど……」

「君はまだ幼かったからな。真実を伝えるわけにはいかなかったんだ。娘たちにも伏せている」

そこまで言うと、領主さまは顔を曇らせる。よほど話しにくい内容なのだろうか。

「医者は、呪いだと言っていた」

今度は僕も目を見開いた。領主さまが口外禁止の契約をするはずだ。呪いはあまり詳しくないけど、基本的には黒魔法を使うとされている。

そして、このお屋敷に黒魔法を使える者がいるとは聞いていないので、外部の者の可能性が高い。

「それほど手強いんですか？」

「少なくとも、三等級であるルーシーには治療できなかった」

僕は、母さんを見た。

母さんは、静かに目を伏せた。

母さん、知ってたのか。僕がリーリアさまの話し相手になっている間にでも治療してたのかな？

「だが、君の魔力は七等級だ。ルーシーの白魔法を完全複製すれば治療が可能かもしれない」

確かに、三等級の母さんより可能性は高くなるだろう。数字が大きいほど魔法は強力になるし、『複製』は魔法も複製できると思う。

でも、一つ疑問がある。

「僕のスキルをご存じになってから、だいぶ時間があったと思いますけど」

三年前なら、幼いからという理由で話さなかったのは理解できる。でも、僕が様々な知識を持った子どもということを知ってからも、頼んでくることはなかった。

「君に頼るのは、あくまで最終手段だったからな。少年式を終えたばかりの君は魔法の扱いにまだ慣れてないうえに、魔力を暴走させたことがある。そのような子どもなら、また魔法を暴走させる可能性も高いだろう。ルーシーからも、弱い魔法しか使わないよう指示されているんじゃないか？」

確かに、母さんからはワームクラスしか使わないように言われている。僕は魔力暴走を警戒してのことだと思っていたけど、魔法の暴走も警戒していたのか。

魔法の暴走がなんなのかはわからないけど、領主さまの口ぶりからして、僕一人で済む問題ではなさそうだ。

「領主さまのおっしゃるように、僕はまだ弱い魔法しか使っていません。三等級の母さんが治療できなかったのであれば、より強い魔法を行使する必要があります」

遠回しに言ったが、ろくに魔法を使ったこともない子どもに奥さまを任せてもいいのかという意味だ。

貴族と話す時に、率直な物言いはよろしくないらしい。

なので、僕は遠回りに話すよう教わっていて、領主さまやリーリアさまと接する時はそのようにしている。

まぁ、リーリアさまにはさっきやらかしたけど……

「無論、承知している。君には魔法の講師をつけるから、魔法を学んでほしい。その講師も事情はすべて把握している」

「いつからでしょうか？」

「今日からでも始めてもらいたいが……今は居づらいだろう？」

「まぁ……はい」

どうやら、領主さまも先ほど僕とリーリアさまの間にあった出来事を把握しているらしい。

だとしたら、問答無用で首を切られたっておかしくないのに……

僕を気遣ってくれることに感謝するばかりだ。

「リーリアにはこちらから言っておこう。君は兄のほうに行きなさい」

領主さまの言葉に、僕は驚いた。

まさかとは思うけど、今回の一件、リーリアさまだけが悪いと思ってるのだろうか。

少しやるせない思いになりながら、僕は口を開いた。

「……領主さま、発言してもよろしいでしょうか」

「構わない」

お許しをいただいたので、僕は一息ついて言った。

「領主さまは、リーリアさまのことをどう思っていらっしゃるのでしょう？」

僕の言葉を聞いて、母さんは凍りついたようだった。

まぁ、態度が変わったから当然だろうね。

リーリアさまの話し相手であり、領地にとって有用な力を持っていて、裏切る心配がないから許されているだけで、本当はこんな無礼は認められない。

「……ルーシーは席を外してくれ」

「は、はい」

母さんを退席させて、領主さまが僕と二人きりになる。

こういうところは気が利くんだよな。

「リーリアか。正直に言うなら君に依存しすぎのように思う。私が話し相手に任命したとはいえ、少し度がすぎている」

「では、なぜ僕に依存しているかおわかりですか?」

「君が唯一の友人だからだろう? あの子は内向的だし、君以外に年頃の近い者と話す機会もなかった」

やっぱり、わかっていない。貴族なら仕方のないことなのかもしれないけど、これではリーリアさまは僕に依存しっぱなしだ。

平民である僕とは、私的な交流は持たないほうが貴族であるリーリアさまのためだ。

平民と私的に関わることをよしとしない貴族が多いことを考えると、今後リーリアさまが貴族社会でどのように見られるのか容易に想像がつく。

「リーリアさまは領主さまが思っていらっしゃるほど内向的ではないと思いますよ」

初対面の時も、最初は見知らぬ子どもである僕を警戒しているように見えたけど、少し言葉を交わすだけで明るく話すようになっていた。

何度も僕を屋敷に呼んで楽しそうにしているところから考えても、リーリアさまは社交的なほうだと思われる。

なら、なぜ領主さまは内向的だと思っているのか。

それは、領主さまが忙しくて、交流を持たなかったからだろう。

時間をかけて関係を築くことができなかったために、お互いに何を話せばいいのかわからないに違いない。

「リーリアさまの好きなドレスの色をご存じですか？　好きな花は？　好きな食べ物は？　何か一つでもご存じですか？」

僕が畳み掛けるように言うと、領主さまは黙り込んでしまう。やっぱり知らないか。

「僕は全部言えるんですけどね。リーリアさまがお話ししてくれましたから」

領主さまは苦虫を噛み潰したような顔をする。少しは自分の罪深さがわかったか。

「リーリアさまとは、一日の間にどれほど交流なさってますか？」

「最近は……夜に時間ができたら話す程度だな」

「時間は？」

「……十分くらいだと思う」

一日でわずか十分⁉　短いにもほどがある。そりゃあ僕に依存したくもなるよ……

「率直に言わせていただくと、交流時間が短すぎます。最低でも一日の間に一時間は取るべきです」

「だが、それでは執務が……」

家庭よりも仕事ですか。ふーん。ほーん。

僕や母さんを呼び出して話す時間は取れるのに。ふーん。ほーん。

『大英断』なんて複合スキルを作ってあげたのに、仕事以外ではろくな判断ができてないじゃないか。

どうでもいいから交流を持てと言いたいけど、それで領主としての仕事を疎かにされると、領民が、ひいては僕の大事な家族が困る。

僕の進言で家族に迷惑をかけるのは避けねば。

「では、食事をともになさってはいかがですか。朝食と夕食くらいはゆっくりとお食べになるでしょう？」

昼食はさすがに忙しいだろうから無理しなくていい。でも、朝食と夕食は調整しやすいのではないだろうか。

「毎回とは言いません。ですが、せめてリーリアさまの誕生日くらい一緒にすごす時間を取ってください。リーリアさまが一人ですごしたくないために僕を連れていこうとしたことをご存じなのでしょう？」

領主さまの口ぶりから、多分気づいていなかっただろう。だけど、知らないなんて絶対に言わせない。知らなかったから仕方ないなんて考えを持たせるものか。

僕も前世では一人だったから、一人でいる寂しさはよくわかる。

授業参観を見に来てくれて、運動会の応援をしてくれて、当たり前のように家族が側にいる同級生が、どれほど羨ましかったことか。だから、リーリアさまにはこれ以上同じ思いをさせたくない。

初めてできた同世代の友達だから。

「リーリアさまも、本当は家族にお祝いしてもらいたいに決まっています」

「……そうだな」

僕の言葉に領主さまは同意する。そして、僕に頭を下げた。

「君の言う通り、私は家族との時間が足りなかった。気づかせてくれて感謝する」

「いえ、リーリアさまと兄のためですので」

僕は聖人君子なんかではない。

今回のことは、リーリアさまを前世の僕と重ねて同情したことと、レオンの誕生日を祝えなかったことの八つ当たりみたいなものだから。

それが領主さまにとってプラスに働いたのは、あくまで結果論だ。

「だが、早急に片づけなければならない仕事が残っていてな。夕暮れには終わるだろうから、それまでリーリアの相手を頼んでもいいだろうか？」

「……それでは兄をお祝いする時間がありません」

僕を取られたくないという思いからだとしても、リーリアさまはレオンを招きたくないようだった。だから、少しの間だけ家に帰ってお祝いして、とんぼ返りすればいいかと思ったんだけど、そうは問屋が卸さないということか。

家族との約束は破りたくないんだけどな。

「なら、君の兄も屋敷に呼ぶか？」

「よろしいのですか？」

「ルーシーを針子に迎えた時点で、彼女の家族も含めて身辺調査は済ませているからな。屋敷に招くことはできる」

母さんがディアナお嬢さまの針子になったのは今から五年ほど前。その時にはもうレオンは生まれていたはずだ。

本人が優秀でも、家族に問題があったら、領主のお嬢さまの針子になどなれるはずもない。

母さんがディアナお嬢さまの針子になれている時点で、レオンは領主さまの安全基準を満たしているのだ。

「ですが、リーリアさまが反対なさるのでは？」

あのトラブルからまだそこまで時間が経っていない。ほとぼりが冷めているとも思えないのだ。

「リーリアには、君からそれとなく伝えてほしい」

「それは構いませんが……今のリーリアさまには僕の言葉も届かないかもしれませんよ？」

子どもというのは強情なものだ。一度決めたことはなかなか覆そうとしない。

特に、今回のようなケースでは。

「もちろん、私からも話はしておく。ディアナも誘おうと思っているから、それも合わせて伝えてくれ」

「はい、わかりました」

そういうことなら、僕が一肌脱ぐとしよう。

「では、ルーシーを連れてリーリアの部屋に行ってくれ。家にいる家族には使いをやっておく」

「ありがとうございます。では、失礼いたします」

僕は領主さまに深く一礼をして部屋を出た。

◇　◇　◇

領主さまから頼まれて、早速リーリアさまに会いに来た……んだけど。

「リーリアさま、部屋に入れてくださいませんか？」

「……今は一人がいいのです。お帰りください」

ずっと門前払いされています。最初はノックしても無視されたのを考えると、応じてくれるようになっただけましだけど、話ができない以上帰るわけにはいかない。

「お話があるだけです。時間は取らせませんので」

「……今はそのような気分ではありません」

話すらもダメか……なら、仕方ない。

「かしこまりました。では、勝手に話しますのでお聞きください」

部屋の中からの返事はなかったけど、僕は気にせずに用件を話す。

「領主さまと話をしました。リーリアさまの誕生日パーティーには、領主さまもディアナお嬢さまも僕もレオンもみんなで参加します」

部屋の中から物音が聞こえたのを確認して、僕は話を続ける。

「領主さまの用事が片づく時間である夕方ごろになるため、その間リーリアさまのお相手をするように仰せつかりました。ですので、ドアを開けてくださいませんか」

優しく呼びかけたものの、中から返事はない。手遅れってことはないと思うけど……こんな反応をされると不安になる。

……いや、不安な気持ちを持ったらダメだ。リーリアさまのために一肌脱ぐと決めたじゃないか。

「これは領主さまの命ですので、帰るわけにはいきません。どうか、僕の気持ちをお汲みくださいませんか」

部屋の中の主にそう訴えると、目の前のドアが静かに、ゆっくりと開く。

ドアの向こうには、目元を赤く腫らしたリーリアさまがいた。

「どうぞ。お父さまの命令だと言うので仕方なくですからね」

「ありがとうございます、リーリアさま」

ひとまず、第一関門突破……かな？


僕が部屋に入ると、リーリアさまは僕に背を向けてカーペットの上に座る。

僕も座りたいところだけど、部屋の主の許可がないので立ちっぱなしだ。母さんはというと、部屋の隅で小さくなって待機してる。

さて、ここからどうしよう？

気まずすぎる空気の中、どう会話を展開すればいいのかわからない。

一番伝えなきゃいけないことは伝えちゃったし……でも、今の空気で世間話ができるほど僕のメンタルは鋼ではない。

「……ルイが頼んだのですか？」

「何をですか？」

「お父さまがわたくしの誕生日パーティーに出席することです。今までなかったのに」

リーリアさまの背から悲哀のオーラが漂っている。普通なら喜びそうなものなのに。

親子の溝は、僕が思っている以上に深いみたいだ。

「確かに、僕のほうから進言させていただきました。リーリアさまが一人は嫌だとおっしゃってたので」

「……そう、ですか」

表情が見えなくて、どんな思いを抱いているのかわからない。

怒ってるのか、悲しんでるのか、嬉しいのか。いや、少なくとも嬉しそうではないな。そんな声のトーンではない。

リーリアさまの心を代弁するならば、ルイの言うことなら聞くのか、といったところだろう。

「リーリアさまは、レオンのことがお嫌いですか？」

リーリアさまはピクリと反応する。でも、答えは返ってこない。

「先ほどは兄ともども失礼いたしました。リーリアお嬢さまへの無礼な振る舞いを罰するというなら甘んじて受けます」

僕が頭を下げて謝意を示すと、すぐさまリーリアさまが大声を上げた。

「そんなことしない！」

僕がすっと顔を上げると、リーリアさまはハッとした顔で目を逸らした。でも、チラチラと僕のほうを見てくる。

「わ、わたくしのほうも、言いすぎたかもしれないから……別にいいのです」

「では、レオンをお招きしても？」

「お父さまが決めたことですもの」

「領主さまが、ではなくリーリアさまのお言葉が聞きたいのです」

仕方なくというように言うリーリアさまの手を取り、僕は訴えかけるように言う。

リーリアさまは僕が手を掴んだことに驚いたあと、ゆっくりと口を開いた。

「……あまり、好ましくは思えません。彼が来たら、ルイは彼のお祝いばかりするのでしょう？それを目の前で見たくありませんもの」

「それは当然ですよ。家族ですから」

ここでそんなことはありませんと言ったら嘘になる。

リーリアさまとレオンだったら、レオンのほうをお祝いしたいのは本心なのだから、誤魔化したってしょうがない。

なら、本音をぶつけるべきだ。

「リーリアさまのお誘いに乗っていたのも、家族に迷惑をかけないためというのが大きかったです。領主さまのお嬢さまの誘いを断ったら、どんな罰を受けるかわかりませんから」

「そんなことはしないって言ってるじゃない！」

「ですが、それが平民と貴族の違いなのです。リーリアさまのお誘いは、平民の僕にとっては命令に等しいですから」

僕が静かに告げると、リーリアさまは口を噤む。

今までのことを後悔しているのだろうか？　でも、その必要はない。

僕は、後悔してほしくて話しているわけではないから。

「ですが、リーリアさまは断る余地を作ってくださいました。僕が本気で嫌がることを強要したりはなさらなかったでしょう」

「……ルイはわたくしの友人ですもの」

「ありがとうございます。ですが、僕はそういうリーリアさまに甘えていたのかもしれません」

「……どういう、意味ですか？」

リーリアさまは顔だけをこちらに向ける。

その顔は、僕の真意が本気でわからないという表情だった。

「リーリアさまは友人だから、僕の気持ちを汲み取って遠慮してくださるだろうと驕(おご)っていたのです。僕自身は、リーリアさまのお気持ちなど欠片(かけら)も理解していなかったのに」

領主さまと話してわかった。リーリアさまの家族関係は、自分が想像している以上に希薄だった。

そんな中で、最も交流している友人に依存するのは無理もないことだし、自分の生まれた日をお祝いしてほしいというのもわかる。

それに、僕にだって非がないわけではないのだ。約束は去年からしていたのだから、それをリーリアさまに伝えるチャンスはいくらでもあった。

リーリアさまも、事前に伝えられていたのなら心の整理ができていたことだろう。その上で話し合いを重ねて、お互いに納得のいく結論を出せたかもしれない。

結局は、リーリアさまの思いを軽視し、甘えていた僕が悪いのだ。

「大変申し訳ございませんでした、リーリアさま」

僕は、改めて深く頭を下げる。これが僕の本音だ。これでリーリアさまにどう思われようと、後悔はない。

「……頭を、上げてください」

リーリアさまの言葉に従い顔を上げると、リーリアさまの瞳には涙が滲んでいた。

「そのようなことを言わせたいのではありません。ですので、頭を下げる必要はありません」

リーリアさまはそう言うと、涙を拭う。泣いている自覚はあったようだ。

「わたくしのほうこそ、浅はかな行いでした。ずっとわたくしのほうをお祝いしてもらっていたというのに、欲張りだったかもしれません」

リーリアさまは目を伏せて謝罪する。

いくら友人関係とはいえ、貴族が平民に頭を下げるのはよろしくない。

そのため、リーリアさまは直接的な謝罪の言葉は口にしていない。でも、態度や言葉の端々から謝意は充分に伝わってくる。

「今年は、彼——レオンも屋敷に招きましょう。主役が二人いるパーティーも楽しそうですもの」

「ありがとうございます、リーリアさま！」

これで今年はレオンをお祝いすることができる！

僕が嬉しさのあまり手を握ると、リーリアさまは頬を紅潮させる。

おっと、レディにこれは失礼だったか。

僕がパッと手を離した瞬間、ドアを乱暴にノックする音が響く。

「リーリア、ルーシー、ルイくん。私だ。至急、伝えたいことがある！」

だが、突如領主さまが入ってきたことで緊張が走り、その喜びは長くは続かなかった。


「どうかしましたか、お父さま」

無許可での入室については何も言わずに、リーリアさまは静かに用件だけを尋ねた。

「先ほど君たちの家に使いを送ったのだが——レオンくんが帰ってないそうだ」

領主さまの言葉を理解するまで、どれくらいかかっただろう。

「レオンが……？」

部屋の外でそれまで待機していた母さんも中に入ってきた。

体を震わせながら、言葉を絞り出すようにして聞き返す。

「ああ。家にいたロードに確認したら、十分ほど前に外に出かけたそうなんだが……この時期に外に出るのは妙だろう？」

領主さまの言う通りだ。

今の時期は、冬支度の真っ最中であり、早ければ一週間後くらいには雪が降り始めてもおかしくない。

インフラの整備や警備の面でも前世とまったく違うし、防寒具も心もとない状況で、フラフラと出歩くようなレオンではない。

サンくんたちも遊びに誘う余裕はないだろうし……

「ただ散歩したくなったか、近所の子どもと遊んでいるだけかもしれないが……念のため、これからレオンくんの捜索をしてみるつもりだ。とりあえずルーシーとルイくんにも知らせておこうと思ってな」

「ありがとうございます、領主さま」

母さんが深々と頭を下げたのを見て、僕も倣うように頭を下げた。

レオンのような子どもじゃ、そう遠くには行けないだろうから大丈夫だとは思うけど、心配なものは心配だ。

「そこですまないが、事件性がないと判断されるまでは、二人には屋敷にいてもらいたい」

「かしこまりました」

「僕も大丈夫です。父さんもこちらに？」

レオンはもちろん、家に一人残っている父さんも心配だ。

もしかしたらうちを狙った何者かが起こした事件かもしれない。

安全だとわかるまでは、三人まとまっていたほうがいいだろう。

「ああ。我が家の者をつけてこちらに向かわせている。到着したらまた知らせよう」

「かしこまりました」

僕は感謝の意も込めて、再び頭を下げる。

レオンが早く見つかればいいと願いながら。

◇　◇　◇

願いは虚しく、レオンはまだ見つかっていない。

あれから一時間は経っている。

近所をうろついているだけならとっくに見つかってもいい頃だ。

こんなに捜索が難航することなどあるのだろうか。

僕たちの住んでいる街は、狭いわけではないが広くもない。

街を横断するのに、馬車で二時間ほどかかるくらいの広さだ。

領主さまは、かなり大規模に捜索してくれているのだが、まだ手がかりすら掴めていないそうだ。

「普段レオンは、このように勝手に出歩いたりなさらないのですよね？」

「はい。少なくとも、出かけることを私たちに伝えてから出ていきます」

リーリアさまの質問に母さんが応答する。

リーリアさまの部屋には、僕と母さんに加えて父さんも一緒にいる。領主さまいわく、一つの部屋に固まってくれているほうがいろいろと都合がいいから、ということらしい。

リーリアさまも嫌な顔をすることなく招き入れてくれて、お茶やお菓子をご馳走してもらっている。

レオンのことを思うとお菓子は喉を通らないけど、喉は渇くのでお茶だけは飲んでいる。

最初はリーリアさまの持っているぬいぐるみのことや、僕が考えた料理のレシピのことを話したりしてたんだけど、さすがに一時間たっても手がかりなしだとリーリアさまも気にかかるのか、両親にいろいろと尋ね始めたのだ。

「今日も、薪が足りないから分けてもらってくると言って出ていきました」

僕が生まれる前は知らないけど、僕が生まれてからのレオンは、どこで何をするのか簡潔に伝えてから出ていっていた。

だから両親も僕も心配していなかったし、今までは普通に帰ってきていた。今回も父さんは出かけていたことを知っていたしそれを疑問に思っていなかったようだから、そんなにおかしな理由ではないのだろう。

なら、本来の用事とは別に何らかのトラブルに巻き込まれて帰れない状況になっていると考えるべきだけど……それは、どう考えても事件だとしか思えない。

「この時間に出かける必要があるほど不足していたのですか？」

ただいまの時刻は夕方であり、そろそろ太陽が沈む頃である。

時計がないので正確な時刻はわからないけど、季節を考えると夕方五時辺りといったところだろう。そこから逆算すると、レオンが出かけたのは四時となる。

そんな時間にわざわざ薪を取りに行くのは確かに不自然だ。

特に今は、謎のフードの集団がうろついているというサン君の情報もある。

早めの帰宅を促されているとも言っていたし、レオンもそれを知っているから、不用意な外出をするはずがない。

「薪が足りないかもしれないと呟きはしました。それを聞いたレオンが自分が取りに行くと言って外に出たのです」

父さんの言葉だけで？　ますます不自然だ。レオンの性格なら、父さんに薪の残りを確認するはずなのに。

やっぱり、何か裏がありそうだな、これ。

「彼は、外に出る理由が欲しかったのでしょうか」

リーリアさまの考えに僕も賛同する。どう考えてもそうとしか思えない。でも、僕に心当たりはないし、レオンがいなくなったことに動揺していた母さんもないだろう。

あるとするなら薪を取りに行くと言って出ていったレオンを止めなかった父さんくらいだ。

「……確信はないのですが、心当たりがないわけではないです」

そう口にしたのは父さんだった。

全員が父さんに注目すると、父さんが僕を一瞥する。

「ルイ。以前に、黒いフードの集団が現れるという話をしてくれたことがあるだろう？」

「うん」

僕もサンくんたちから話を聞いただけだから詳しくは知らないけど……ここでその話題を出すということは、やっぱり善良な旅人というわけではなかったみたいだな。

「お前たちの身の安全もあるし、その集団について話していた常連客に詳しく聞いてみたんだ」

なんと、聞き取り調査をしていたらしい。

今まで僕たちに何も言わなかったのなら、特に実のある情報を得られていたわけではないのだろうけど……

「その中に、その集団に話しかけられたという人がいた」

これには、僕は素直に驚いた。

サンくんたちから聞いた話では、街の人と目が合うだけで逃げていくと言っていた。

それなのに、街の人に話しかけるなんて矛盾している。

もちろん噂話だから、サンくんたちの話がすべて真実とは限らないけど……噂というのは、誇張されるものなので、話に尾ひれがつくことはあっても、正反対の情報が流れることはまずないはずだ。

「どのような話をなさったのですか？」

「吹雪はいつから始まるのかと聞かれたようです。その人が不思議に思いながらも答えると、彼らはお礼を言って去っていったと」

「……そう、ですか」

リーリアさまはほっと息をついた。

多分、もう少し物騒なことを言われたのではないかと思ったんだろうけど、僕からしたらこれでも正直不審な点ばかりだ。

母さんも拍子抜けした顔をしているので、この質問のおかしさに気づいてないみたいだ。

「……その人たちは、どうして吹雪が始まる時を聞いたの？」

「危険がないように……じゃないのか？　長く留まるつもりなら冬支度をしなくちゃならないし、吹雪の日は外に出るわけにはいかないしな」

「そういうことじゃなくて」

僕が父さんの答えをピシャリと切り捨てると、その瞬間、空気が強張ったのがわかった。

……あまり、子どもらしからぬ行動は取りたくなかった。でも、レオンの身がかかっているなら、子どもらしくいるだけじゃいられない。

「その人たちは、どうして吹雪が始まる時を知らなかったのって意味」

僕の質問に答えたのはリーリアさまだった。

「それは、この辺りの出身ではないからでは」

「では、彼らは遠方から来た旅人ということになりますね」

「……何かおかしな点が？」

リーリアさまはこてんと首を傾げる。

父さんや母さんもピンと来ていないらしい。

「吹雪が始まるかもしれないとわかっていながら、旅人がわざわざこの街までやってくる理由がありますか？」

リーリアさまがハッとする。

吹雪のことを知らずに、たまたまこの時期に来てしまったのなら哀れな旅人で済む。

でも、黒いフードの集団は自分たちのほうから吹雪の時期を聞いているのだから、この街で吹雪が起こること自体は知っていたはず。

もちろん、宿の人間に注意されて知ったとかそういう可能性もあるけど、目が合うだけで逃げたという噂があるくらいだ。必要以上にこの街の人間とは関わろうとしていないだろう。

街の人から吹雪の話を聞いたという線もかなり薄い。

「では、彼らは何か目的を持ってこの街に来たと？」

「はっきりしたことは言えません。なので、あくまで推測なのですが」

僕がそう前置きすると、全員の目つきが真剣になる。

「その黒いフードの集団は、吹雪が起こる日に何か狙いがあるかもしれません」

「吹雪が起こる日？　そんなの、当日にならなきゃわからないんじゃないか」

父さんの反応ももっともだが、まったく予測できない天候ではないはずだ。

僕は父さんに尋ねた。

「その話しかけられたって人、お年寄りだったりしない？」

「うん？　……ああ、確かに俺よりも年上のじいさんだが」

「なら、この街にも長く住んでるってことだよね？」

「……ああ」

何が言いたいんだという目で父さんが頷いたのを見て、僕は考えを述べた。

「街に長く住んでるならさ、吹雪の前兆とかがわかるでしょ？」

僕は前世では吹雪を経験したことはないけど、転生してからは、何度か強く吹雪いていたのを家の中から見たことがある。

壁がギシギシと揺れて、家が壊れるんじゃないかと怯えてたくらいだ。

今は慣れたものだけど。

でも、そんな特殊な状況だから、僕だって前兆はなんとなく掴めている。

当然だけど気温が低いこと。そして、吹雪が始まる前には強い風が吹いている。

この街の住人は手だけを外に出して、風の強さで外出するか決めているくらいだ。外出していても、風が強くなってきたら近くの建物に入れてもらったりすることもあるのだとか。

父さんと母さんからも、この時期に僕やレオンが外で遊ぼうとすると、風が強くなったら近くの家に入れてもらいなさいとよく言われる。

「この街の人間なら吹雪の危険性は知っているから、その前兆をいち早く感じ取れるくらいの感覚はある。でも、街の外から来た人間ってそうでもないじゃない？」

「そうね……店には旅人もよく来るけど、雪を知らないって聞いた時は驚いたわ」

そんな遠方から来る人もいるのか。まぁ、旅人ならおかしくないか。

「だから、知ってそうな人に聞いたんだよ。お年寄りなら、旅人じゃなくてこの街に住んでる人って思うだろうし」

「……確かに筋が通る話だが、なぜ吹雪の日を知りたがったんだ？」

「そこまではわからないよ。だけど、吹雪の日に何かあるのは確かだと思う」

わかっている情報から状況を分析してみたが、結果はわからないままだ。

「では、その集団の泊まっている宿を中心に探せば……」

「まだその人たちがレオンの失踪に関わっているとは限りません。ひょっこり帰ってくる可能性もありますし」

黒いフードの集団がレオンの失踪に関わっていたとしても、レオンをどうしようというのかまるで想像がつかない。もう少し情報がいる。

「残念ながら、その可能性は低い」

そう言いながら入ってきたのは領主さまだった。

声もかけずに入ってきたことや、その表情から見て、ただごとではなさそうだ。

「どういう意味でしょうか」

「先ほど、捜索隊の者がこれを持ってきた」

領主さまは、僕たちに黒いカードを見せる。それは、平民用のコントラクトカードだ。

僕はまさかと思い、領主さまに尋ねる。

「それは、レオンのものですか？」

「ああ。特別な鑑定道具を使えばカードに記録されている内容を調べることができるが、それを使ったらレオンの名が刻まれていた」

僕が両親の様子を窺うと、母さんは顔を青くして、父さんは目を見開いていた。

リーリアさまも、手で口を覆って動揺している。

僕は、自分でも驚くくらいに冷静だった。

想定内だったからかもしれない。

「どこで見つかったのですか？」

「君たちの家から二ブロックほど離れた場所にある路地だ。ただ気づかずに落としただけかもしれないが、嫌な予感が拭えない」

「領主さまの『直感』ですか？」

「……いや、『大英断』だ」

周りはなんの話だとばかりに不思議そうに僕たちを見ている。

僕も領主さまも周りの様子には気づいていたけど、今はそれを説明する暇はない。

「そして、その『大英断』が、君なら解決できると訴えているんだ」

領主さまは僕をまっすぐ見据える。

『大英断』というスキルがどの程度の性能かは領主さましかわからない。

でも、領主さまが僕に期待を寄せているのは確かだろう。

それがスキルを信じた結果か、自分の判断かはわからないけど。

「……私は、奥さまに関する話があるとしか聞いておりません」

母さんが僕を抱き寄せて、領主さまに訴える。

僕にそんな危険なことをさせるわけにはいかないといったところか。

母さんも、言葉の端々からレオンが危険な目に遭っている可能性が高いことや、それを解決するために僕に助力を求めていることに気づいたのだろう。

母さんもディアナお嬢さまの針子として屋敷を出入りしている身なので、貴族のマナーはそれなりに詳しいし、振る舞いも身につけている。

当然、貴族特有の遠回しの会話もそれなりにできるのだ。

時折見られるかっこいい母さんだ。

「このコントラクトカードが見つかったのはつい先ほどのことだからな。話す余裕はなかった」

「ですが、私は『大英断』というものも知りませんでした。ルイは知っていたようですが」

母さんの目が鋭い。

下手をすれば無礼と取られる……というか、無礼そのものだ。

もしかしたら僕が時々棘のある言動をするのは、母さん譲りかもしれない。

「申し訳ないが、それは私の口からは話せんな」

領主さまは欠片も申し訳ないと思ってなさそうな顔で言う。

母さんは納得できないという表情をしているけど、それ以上踏み込むことはしなかった。

代わりに一息ついてから、僕のほうに顔を向ける。

僕は、ごくりと息を呑んだ。

「……ルイ、あなたが決めなさい」

僕は、すぐに返事ができなかった。それどころか、呼吸が一瞬止まったような気がした。

いつもの母さんじゃない。僕を見る目も、その顔も、言葉の抑揚（よくよう）も、息子に向けるものではない。

リーリアさまの友人であり、ヴァレンの民のルイに向けるものだ。

「……領主さまのご用命とあらば」

命令とは言わなかった。

領主さまもそのような意味で僕に話を持ちかけたわけではないだろうから。

母さんは、朗らかに笑った。それが、母さんの答えなんだろう。

僕が母さんから離れて、領主さまに向き直る。

「では、行こうか」

「はい」

僕は、領主さまのあとに静かについていった。

リーリアさまの部屋を出て、領主さまのあとについていく道すがら、領主さまが話しかけてきた。

「よかったのか」

その言葉に、僕は淡々と答える。

「僕は家族が大切なんです。自分のことは二の次ですよ」

あのまま子どものふりをするのは簡単だ。

余計なことは話さず、話を聞くだけでいい。

でも、それは家族の身を危険に晒してまで行うべきではない。

これから家族が僕を見る目が変わろうとも構わない。

「そんなことより、何をすればいいんですか？」

「詳しいことは私の部屋で話す。他人に知られたくないからな」

「……では、急いだほうがいいですね」

僕は、前を歩く領主さまの服の裾を掴む。領主さまは歩みを止めて、僕に振り向いた。

「僕の足では遅いので、抱えてください」

「……は？」

訳がわからないという反応をする領主さまに、僕は語気を強めて言う。

「急ぐのでしょう？　子どもの足では時間がかかるので、抱えてください」

「まったく君は……！」

いろいろと言いたいことがあるだろうに、領主さまは言葉を呑み込んで僕を抱き抱えた。

僕は、領主さまに顔を近づけて囁(ささや)く。

「このまま話してくれませんか？」

「本当の目的はそれか……」

領主さまは呆れたようにため息をつくけど、諦めたようだった。

「君には『複合』のスキルを使ってほしい」

ずいぶんと端折(はしょ)られた説明だったけど、僕が呼ばれた意味はわかった。

「それは『大英断』による判断なのですか？」

「そうだ」

領主さまは即答した。その顔は苦渋に満ちているように見えた。


領主さまの私室にやってくると、そこには一人の男がいた。

領主さまが現れると同時に、この空間に緊張が走った。

「対象は彼ですね」

「捜索隊に加わっている我が家の兵士だ」

領主さまはそう言ってあるものを渡す。

＊＊＊＊＊＊＊＊＊＊＊＊＊＊＊＊＊＊＊＊＊＊＊＊＊＊＊
名前　　：ロナード
魔法適性　：青　緑

魔力強度　：四
スキル
『剣術』『閃光』『魔弾』
＊＊＊＊＊＊＊＊＊＊＊＊＊＊＊＊＊＊＊＊＊＊＊＊

あの男のコントラクトカードのようだ。色が黒いから、身分は平民なのだろう。

僕が銀色の貴族用のコントラクトカードで見た時とはスキルの部分の表示が違う。貴族用のものしかスキルの詳細を見られないと神官は言っていたけど、こういうことだったらしい。

「この人が僕のスキルに適すると？」

「いや、口が堅い者を優先した。だが、『大英断』の判断ではこの者で充分という結論にいたった」

そう言いながら、領主さまは一枚の紙を手渡した。

「これは？」

「この者のスキルの詳細が書かれたものだ。詳細を知らねば何を対象にすべきかわからないだろうと思ってな」

「ありがとうございます」

僕はしっかりとその資料に目を通す。

『剣術』：短剣、大剣、長剣を扱うことができる。本人の力量に左右される。

『閃光』：自分の周囲に瞬間的に強い光を発生させる。

『魔弾』：魔力を弾丸にして飛ばす。消費量によって威力や飛距離が異なる。


ざっと確認した感じだと、『閃光』と『魔弾』が複合できそうかな？　何の役に立つのかと聞かれてもわからないけど。

領主さま相手に一発で成功させたから、同じ要領でいけばやれないこともないだろう。油断するつもりはないけど、そこまで不安を抱いてはいない。

むしろ、レオンが危険な目に遭っているかもしれないのに、自分が動けないことのほうにもどかしさを感じる。

ちゃんと助けてくれると信じてるけど、ただ待っているだけなのは嫌だ。

「……わかりました。条件があります」

「私に条件を提示するだと？」

領主さまの眼光が鋭くなる。僕は、決して目を逸らさず、静かに見つめ返す。

「僕も一緒に連れていってください」

「……状況がわかっているのか？」

「危険があるかもしれないということでしたら承知しております。一人で行動はしません。その場でレオンの無事を確認したいだけです」

ダメだと言われてもついていくつもりだけど。

僕の揺らがない意志を感じ取ったのか、領主さまは深くため息をついた。

「わかった。捜索隊の人員をもう少し増やす。必ず二人……いや、三人以上で行動するように」

「かしこまりました」

僕が了承すると、領主さまはコントラクトカードをかざした。

まぁ、口約束じゃ信用できないんだろうな。僕も信用してないし。

僕は貴族用の銀のコントラクトカードを取り出した。

「レオンの捜索隊に僕を同行させること」

「捜索隊と行動をともにしている間は三人以上で行動すること」

僕たちはお互いのコントラクトカードに魔力を通して契約を完了する。

「では、やってくれ」

「はい」

僕は立ち上がると、ロナードさんの前に立つ。

「失礼します」

一応、声をかけてから、僕は意識を集中させた。

『閃光』と『魔弾』。二つの効能を合わせるなら、魔力で自由自在に扱える閃光の銃弾といったところだろうか。

指先から光が飛び出し、強くきらめくといった感じだろうか。光は高温だから、当たればやけどとかもしそうだ。

地味だけど、使い勝手はよさそうだな。

『閃光』と『魔弾』を『複合』！

僕が一際強く念じると、強い脱力感に襲われる。

膝から崩れ落ちたものの、地面に伏せることはなかった。

ロナードさんがさっと支えてくれたからだ。

「どうかなさいましたか？」

ロナードさんは心配そうに僕の顔を覗き込んでくる。

兵士らしいけど、顔も態度も全然兵士っぽく見えない。どちらかといえば、貴公子のような雰囲気だ。

貴族の隠し子と言われても信じるだろうくらいには顔もいいし。

まぁ、顔とか抜きにしても、この行動だけで彼の印象は急上昇しているのだけど。

「いえ、スキルを使うといつもこうなるんです。気にしないでください」

「そのようなことはできません。今回は脱力で済みましたが、気を失ったらどうするのですか」

「今のところは大丈夫です。これ以上スキルを使うつもりはありませんから」

「ですが、あとで悪化する可能性もないとは言えないのでしょう？　スキルだけでなく魔法の使用も控えるべきでは……」

僕が気にするなと言っても、ロナードさんもなかなか退こうとしない。

「話はそれくらいにしてくれ。今は彼の兄を捜す必要がある」

どうするべきかと思っていると、領主さまが口を挟んできた。

もっと早くせんかい。

文句を言ってやりたかったけど、それはレオンの無事を確認してからにしよう。

「ひとまず、ロナードはこちらでルイによって複合されたスキルを確認してくれ」

領主さまは金属の板を取り出す。それは、以前に見た更新の道具によく似ていた。違いといえば、更新の道具は石材のようだったけどこれは金属だということと、厚さが薄いことだろうか。

ロナードさんが窪みにコントラクトカードを嵌めると、石板に光の文字が浮かぶ。

更新の道具もそうだけど、一体どういう仕組みなんだろう？

＊＊＊＊＊＊＊＊＊＊＊＊＊＊＊＊＊＊＊＊＊＊

名前　　：ロナード
魔法適性　：青　緑
魔力強度　：四
スキル
『剣術』　：短剣、大剣、長剣を扱うことができる。本人の力量に左右される。
複合スキル
『閃光弾』：魔力を消費して閃光の弾丸を飛ばす。魔力の消費量によって威力や飛距離が異なる。『閃光』と『魔弾』を複合したスキル。

＊＊＊＊＊＊＊＊＊＊＊＊＊＊＊＊＊＊＊＊＊＊＊＊＊＊＊＊

まるで貴族用のコントラクトカードのような詳細な説明つきで表示された。

本当に、どういう仕組みなんだか。説明されたところで理解できないと思うから、そういうものだと思っておくけど。

「このように表示されるのですね」

ロナードさんが感心するように板を覗き込んでいる。まぁ、貴族用のコントラクトカードを持ってない限り、スキルの詳細を知る機会なんてほとんどないだろうしね。

というか、当たり前のように文字を読んでいるけど、この人は平民なのに字が読めるのか。

僕みたいな特殊なケースを除けば、商人でもない限り字を習う機会はないはずなんだけど。

兵士なのにやけにへりくだった態度といい、ロナードさんにも何かありそうだな。

「複合スキルも通常のスキルと同じように使うことができる。複合する前のスキルも使うことが可能だ。状況に応じて使い分けるように」

「かしこまりました」

「では、行くぞ」

「「はい」」

部屋を出る領主さまのあとを、僕とロナードさんは静かについていった。

◇　◇　◇

領主さまと僕とロナードさんはすでに待機していた捜索隊と合流する。

ざっと数えただけでも二十人はいる。

いくら領民の危機とはいえ、平民の捜索にこんなに人手を割いてもいいのかと思わなくもないけど、今はありがたい。

「レオンのいる場所に心当たりは？」

「候補はいくつかある」

「では、僕は人数が多いところに行きます」

僕は行動する際は必ず捜索隊の二人以上と同行することを約束しているので、なるべく人数が多いところにくっついていくべきだろう。

たとえ僕のお守りに二人の人員が割かれても問題のないように。

「いや、君は私と一緒に来てもらう」

「……わかりました」

虚をつかれたものの、領主さまがそうおっしゃるのであれば、ヴァレンの民としては従わざるを得ない。

「理由を聞かないのか」

「領主さまがそう判断なさるだけの理由があるのでしょうから」

『大英断』であろうと領主さま自身の判断であろうと、大した理由もなしに僕に同行を命じるはずがない。

これでも三年間リーリアさまの話し相手として屋敷に通い、領主さまと交流してきたのだ。領主さまの性格などはある程度把握している。

「……本当に彼は六歳児ですか？」

「生まれてから六年しか経っていないからな」

領主さまがそう言っても疑惑の目を向けてくるロナードさんに、僕は子どもらしい無邪気な笑顔で微笑んで見せた。

◇　◇　◇

領主さまがいるということで、僕たちのチームは振り分けられた人数が多い。他は三人か四人だというのに、こちらは十人もいるのだ。

結果的に大人数のところと一緒になった。ちなみにロナードさんも一緒だ。

「どこに向かうんですか？」

「貧民街だ。そこで子どもが黒いフードの集団と行動をともにしているのを何人か目撃しているそうだからな」

僕は領主さまの言葉に違和感を覚えた。子どもが自分の意志でその黒いフードの集団と行動しているような言い方だったからだ。

レオンは見ず知らずの人間と行動をともにすることはない。

だから、可能性があるなら連れ去られたというものなんだけど、そうではないというのだろうか。

「領主さまは貧民街に何を？」

「継続的な支援は続けているが、それに留まっている。特産品がないこの領地は、余裕があるわけではないからな」

確かに、この領地の特産品の話は聞かないな。この街は北海道や東北に近い暮らしだから、工芸品とか作れば売れそうな気がするけど、そんな簡単な話でもないのだろう。

僕が思いつくような対策など、この領主さまはとっくに思いついてるだろうしね。

「では、お金目当ての可能性がありますね」

「孤児も多いからな」

孤児もいるのか。まぁ、医療もインフラも整っていないこの街じゃ、溢れ返っていてもおかしくないけど。

「あの建物だ」

話しているうちに目的の場所に着いたらしく、領主さまが指差した。

見張りはいないように見えるけど、本当にここなんだろうか。

「ルイと私はここで待機するから、タークスとロニーは残れ。ロナードを筆頭に探ってこい」

領主さまの指示に従い捜索隊はテキパキと動き出す。

ここで待機かぁ……

「僕も行ったらダメですか？」

「もぬけの殻（から）と決まったわけではないからな」

つまりは、誰かが隠れていたり罠がある可能性もあるからってことね。理屈はわかるし、指揮者としての判断はこれが正しいことはわかっている。

そもそも足手まといになりかねない僕のような子どもは、屋敷で待機しているべきなのだ。

そんな僕がこれ以上わがままを言うわけにはいかないことは頭ではわかってる。でも、何もしないことにもどかしさを感じてたまらない。

「……二人以上いればいいんですよね」

「行かせんぞ」

さすがは領主さま。僕の遠回しの言葉に瞬時に気づいた。

兵士たちしかいなかったら絶対に騙されてくれたのに。

「できうる限り私とともに行動してもらうからな」

「子どもに枷（かせ）をはめるものじゃないですよ」

「そういえば、君はまだ子どもだったな」

「ええ。生まれてからまだ六年なので、成人してませんよ」

残っている兵士たちがおかしなものでも見るような目で僕を見る。

まぁ、こんな受け答えをする六歳児なんて見たことないだろうから無理もない。

でも、僕はレオンのために子どもの皮は脱ぎ捨てたのだ。無邪気にし続ける必要などない。

「領主さま、建物や入口周辺に罠は見当たりません。入りますか」

「そうだな……この子狼が待てができなくなっているから、入ろう」

「子狼じゃなくて子犬ですよ」

領主さまの言葉を訂正しつつ、僕は領主さまの手を引く。

「ほら、行きましょう。ご主人さま?」

「私が悪かったからやめてくれ……」

頭を抱える領主さまの手をパッと離し、僕はすたこらと建物のほうに向かう。その後ろを、領主さまとロナードさんが追ってきた。

◇　◇　◇

僕は追いついてきた領主さまたちとともに建物の中に入る。

ほとんどは万が一に備えて建物の外に待機しており、ここにいるのは僕と領主さま、ロナードさん、ロニーさん、タークスさんの五人である。

相手にバレないようにできうる限り数を減らしたが、これ以上は危険ということで、五人未満にはできなかった。

その建物には明かりがなく、外からの光しか光源がなかった。お陰で、入口から少し離れるだけで暗闇に呑まれる。

子どもの精神に引っ張られているのか、体を震わせながら歩を進めていると、いきなり右手を握られる。

「ひっ……」

叫ぼうとしたところで体を抱き寄せられ、口を塞がれた。僕が上を見上げると、そこには領主さまの顔が浮かんでいる。

そして、人差し指を立てて静かにするように合図して、囁くように言う。

「暗いからはぐれないようにする。いいな？」

僕がこくこくと頷くと、ようやく口から手が外された。でも、きっちりと右手は握られたままだ。

心臓に悪いことしてくるなぁ……さっきのお返しか？

でも、手をつながれたお陰か、震えが収まってきた。単純すぎるよ、子どもは。

「明かりってつけられませんか？」

「奥に人がいないとも限らないからな」

「そうですね……」

明かりをつけたら、向こうにこっちの居場所だけバレちゃうからなぁ……懐中電灯みたいに遠くまで照らすか、明かりを遠くに飛ばせたらいいんだけど……あっ。

「ロナードさんの閃光弾を威力を抑えて使ったら明かりになりませんかね？」

閃光だから怪しいけど、スキルの説明には魔力を消費して弾丸のように飛ばすとあったから、銃弾となってずっと光らないかなという密かな期待がある。

それに、複合スキルがどんなものか単純に気になるし。

「私は構いませんが……」

ロナードさんは領主さまの判断を待っているようだ。まぁ、雇い主の許可なしには動けないわな。

「私としても気になる。魔力を最小限にすれば、何かに当たっても問題ないだろう」

「……かしこまりました」

ロナードさんは渋々といった様子で手をかざす。

「『閃光弾』」

ロナードさんがスキル名を唱えると、ビー玉くらいの大きさの小さな光の球が前方に飛んでいく。数メートル離れたところで、ビカッと強く光った。

突然のことでびっくりしたものの、元々の大きさが小さかったからか、眩しいほどではない。むしろ、ちょうどいい明るさで周囲を照らしている。

「……光が消えませんね」

「普段は消えるのか？」

「はい。『閃光』は二、三秒ほどで消えてしまいます」

ほうほう。確かに閃光は一瞬だけ強く光る光のことだから、光る時間は短いだろう。でも、『魔弾』と複合したことで、その時間制限がなくなったのかもしれない。

複合スキルとなったことで、『魔弾』の効果が切れる時と『閃光』の持続時間が同じになったのではないだろうか。

スキルの説明には書いてなかったけど、書いていることがすべてではないということなのだろう。

いや、そもそもスキルとかそういうのもよくわからないんだけど。

ここが魔法とかもある異世界だからで片づけていい問題ではないような気がしてならない。

スキルはどうして存在するのか。どうして使うことができるのか。どうして念じるだけで効果を発揮するのか。

考え出すとこれだけの疑問がすぐに浮かんだ。

まぁ、たとえ謎を解き明かしたところでどうこうなる問題でもないし、今はレオンのことだ。

「じゃあ、それを明かりにして進んでみる？」

「そうだな。『閃光弾』を放って進もう。ずっと照らしていてはこちらに気づかれやすい」

一瞬だろうが永続だろうがバレる確率は変わらないような気がするけど、それは心のうちにしまっておこう。

ロナードさんは領主さまの意思に従い『閃光弾』を前方に放ちながら進む。

『閃光弾』は、十秒くらいは光っていたけど、突然ふっと消える。でも、構造を把握するには充分な時間で、歩みは速くないものの、安全な道中だった。

その途中でいくつかの部屋を見つけたけど、中はもぬけの殻で、手がかりは見つからない。

ここはハズレかなと僕が諦めかけた時だった。

「領主さま、また部屋があるようです」

「明かりを灯して確かめろ」

部屋の中なら警戒する必要はないので、赤魔法の火を灯すなどして確かめている。

僕はというと、危険だからという理由で領主さまとともに待機中。部屋の中が危険なら側で待っていても意味ないと思うんですけどね。

「危険はないように思えます。お入りになりますか？」

「うん」

領主さまではなく僕が返事をしてずかずかと部屋の中に入った。僕にも関わらせろってんだ。

領主さまも僕が入ってしまったから自分も確かめようと思ったのか、僕についてくるように入ってきた。

今までの部屋と比べたら少し狭い気がするな。三分の二くらいの大きさしかないんじゃない？

たまたまかなぁ……？

僕は壁のあちこちを撫でたりこんこんと叩いたりしてみるが、特に違和感はない。

ゲームとかなら隠し扉とか隠し部屋とかあったりするけど、そんな都合よくはいかないか。

「この奥、何かあるな」

「えっ、ほんとに⁉」

領主さまが壁に手を当てながら呟いた言葉に、僕は驚いた。

他の人たちは僕の反応に驚いているみたいだけど、これは仕方ない。

いや、ゲームのようにはいかないよなと現実に戻ったばかりのタイミングで、こんな発言をされたら誰だって驚くでしょ？

しかも、さっき自分が確かめたはずのところに。

「あくまで私の勘だが、私の勘はよく当たるのでな」

そうだ。この人には『直感』というスキルがあるんだった。

今は『英断』と複合して『大英断』という複合スキルになっているけど、複合スキルは元のスキルも使用可能なのだ。

「素晴らしい技をお持ちですね」

自分が見つけられなかったのが思いのほか悔しくて、僕はふて腐れた。

「そういうところは子どもらしいな」

「僕は六歳児ですからね！」

さらにふんと顔をそむける。なんとでも言え。

前世の記憶があるとはいえ、この世界ではまだまだ子どもなのだ。

「タークス。『看破』で入口を作ってくれ」

「はい」

タークスさんが返事してから壁に触れると、たちまち壁が崩れ落ち、通路が現れた。

なにこれ!?　さっき看破って言ってた気がするけど、これもスキルですか!?

「行くぞ、ルイ」

「は、はい！」

領主さまの声で現実に戻ってきた僕は、すたこらと領主さまのあとをついていった。

新たに開かれた隠し通路を、捜索隊とともに進んでいく。

隠し通路というだけはあり、先ほどの通路よりもずっと暗い。隣で手をつないでいる領主さまの顔がようやく見える程度なのだから。

というか、さりげなく手をつながれたんだけど、僕はどれだけ落ち着きがないと思われてるの？ちゃんと指示されたら従うのにな。理性が保てているうちは。

「そんなふうに睨んだところで手は離さんからな」

「ちゃんとおとなしくしてますよ？」

「何事もなければが抜けている。兄の姿を見つけたら真っ先に飛び出すだろう？」

「当たり前じゃないですか」

僕はレオンの無事をいち早く確認したいから、無理やり捜索隊についてきたのだ。レオンの姿を見たら、怪我の有無や精神面に問題がないか真っ先に確認したい。

理性的な今なら、罠の可能性があるとかいろいろと考えられるけど、レオンを前にしたら絶対に冷静ではいられなくなる。

僕の家族に対する思いが常人と比べて強いことは自覚している。これがブラコンというのなら素直に認めよう。

「素直なのは美徳ではないからな」

「僕は嘘がつけない質（たち）でして」

　本音をぶちまけるわけでもないけど。

　僕の心の声が聞こえていたのか、ただでさえ暗く見える顔色がさらに暗くなったような気がした。

　そのまま数分ほど暗闇を進み続けると、小さな穴を見つけた。

　僕がそちらに視線を奪われて足を止めると、領主さまもつられて足を止めた。

「どうした？」

「いや、ここに穴が……」

「穴？」

　僕が示した場所を領主さまが確認するが、視線が定まっていない。

　どうやら穴が見えていないようだ。

「穴などないが」

「えっ、ありますよ」

　僕は領主さまの手を引いて穴の前に立つ。

　入口付近に段差が見える。どうやら、地下への階段のようだ。大きさは僕の身長くらいだから、この中じゃ僕しか通れなさそうだけど。

「どうなさいましたか？」

僕たちの様子にようやく気づいたのか、先行していた捜索隊の人たちが戻ってくる。声をかけてきたのはロナードさんである。

「ルイがここに穴があると言うのでな」

「私には見えませんが……？」

「ありますよ目の前に！」

僕がビシッと指を差すものの、ロナードさんの目は懐疑的だ。

ロナードさんが僕が指を差したところに触れる。すると、ロナードさんの手は空中で止まってしまった。

「やはりただの壁のようですが」

「えぇ～？」

明らかに階段らしきものが見えていたので、僕はロナードさんと同じように触れようとした。

穴は僕の身長くらいで、そんなことをすればどうなるかなんてすぐにわかるはずなのに。

「うわぁっ！」

案の定、バランスを崩して僕は階段の上に転がった。

「だっ！」

思いきり顔面を階段にぶつける。

マンガみたいに下まで転がり落ちなかったのはよかったけど、顔面をぶつけたのでかなり痛い。

僕は顔についた汚れを手で払う。その手を見ると赤い液体がついていた。どこからか出血しているみたいだ。

顔のあちこちを探ると、額と鼻から出血しているのがわかった。

「ルイくん、そこにいるか⁉　大丈夫か⁉」

「な、なんとか……」

階段の上から聞こえる声に応答する。僕が上を見上げると、領主さまを筆頭に捜索隊の人たちが僕を見下ろしていた。でも、視線が定まらない。向こうには姿が見えていないようだ。

「ルイ、こちらに手を伸ばしてみてくれないか」

「は、はい」

僕が領主さまのほうに手を伸ばすと、ガシッと腕を掴まれた。

捜索隊の人たちはぎょっとしている。

「引っ張ってくれ」

言われたように引っ張ると、腕が穴を通り抜けてこちら側に現れる。

その瞬間、捜索隊の人たちが目を見開いた。

「領主さま、腕が……！」

捜索隊の人たちは怯えているけど、当の本人は涼しい顔をしている。

「ルイの言う通り、隠し通路があったんだ。魔法で隠していたのだろう」

「ですが、俺の『看破』ではわかりませんでしたよ？」

「スキルが無力化されていたのかもしれない。ルイにだけ見えたことを踏まえると、魔力の強い相手には効果がないのかもしれん」

「えっ？　ですが彼は平民では……？」

タークスさんは狼狽える。まぁ、平民の僕が領主さまを凌ぐほどの魔力を持っているとは思わないだろうしね。

魔力強度は領主さまのほうが上だけど、僕には『魔力強化』というパッシブスキルがある。そのため、僕のほうが魔力が強くなっているのだろう。

「ルイ、そちらはどうなっている？」

領主さまはタークスさんの疑問を解消せずに、僕を呼んだ。

僕は周囲を軽く見渡して伝えた。

「暗さは先ほどの通路と同じくらいです。広さも同じくらいだと思います」

「ならば、私たちも通ろう。破壊すれば通れるだろう」

「はい、多分……」

……って、ちょっと待って!?　ここを破壊されたら僕が危ないんじゃ……！

「ルイ、できうる限り離れなさい」

「いや、でも……」

ちゃんと離れますけども。でも、こっちにも心の準備ってものがですね!?

「十秒後に破壊する。早くしなさい」

「三十秒でお願いします！」

「わかった」

領主さまの了承の返事を聞きながら、もうどうにでもなれという思いで、僕は下のほうに移動する。

少し暗かったけど、慎重に移動すれば転ぶことはない。さっき領主さまに三十秒でお願いしたから、時間は充分にある。

約三十秒後、上からドーンと大きな爆発音が響いた。

細かい破片が降ってきたものの、ほとんど僕には当たらなかった。

いくつか当たることを覚悟して目をつぶっていたけど、なんともなくてよかった。

「待たせたね、行こうか」

「はい、行きましょう……」

この人を止めることはきっとできない。

そう悟った僕だった。

◇　◇　◇

階段をしばらく下ったところで、ようやく平らな地面が見える。思ったよりも階段が長かった。

三十段はあったんじゃないかな。

六歳児にはそこそこ長いのと、ここに来るまでかなり歩いたのもあって、僕はもうへとへとになっていた。

でも、レオンを捜すために、ここで立ち止まるわけにはいかない。その思いだけが僕の歩みを進めていた。

「ずいぶんと広いですね」

「元々あったものではないだろう」

つまり、誰かが何らかの目的を持って作ったわけね。

それがあの黒いフードの集団なのか、それともその前からあって黒いフードの集団が利用しているだけなのかはわからないけど、人工的に作られたものであることは変わらない。罠がある可能性もあるから、慎重に進まないと。

「領主さま、魔力反応があります」

突然、ロニーさんが声を上げる。名指しされた領主さまはもちろんのこと、僕もロニーさんを見つめた。

「何人いる？」

「四人だと思います。あまり強い反応ではないので、平民だと思いますが」

「方角は？」

ロニーさんの平民という言葉を聞いて、僕は思わずそう尋ねた。ロニーさんは虚をつかれたような顔をするものの、質問に答えてくれる。

「右斜め前のほうからだ。おそらく、この通路を行けば右手側に部屋があるのだろう」

「わかりました、行きましょう」

僕が歩き出そうとすると、「待て」という声と同時にガシッと肩を掴まれる。

僕はくるりと振り返った。

「私たちより前に出るな」

「はい、ついていきます」

置いていくのは絶対に許さんということを伝えると、それでいいとばかりに手をひらひらと振る。

僕が素直に領主さまの後ろまで下がると、ようやく行軍を再開した。

そのまま五分くらい歩くと、また穴のようなものが見える。大きさも入口にあったものと同じだ。

「領主さま、ここにまたさっきと同じような穴があります」

「ま、魔力反応もこちらのほうから……」

「そうか……」

領主さまは僕が指差したところをじっと見るが、多分穴の場所はわかっていない。

領主さまは僕に言う。

「中に入って確かめてくれ」

「はい！」

僕が意気揚々と中に入ろうとすると、背後から「確認するだけだからな」と念押しする声が聞こえた。

言われなくてもそうしますよ……多分。

僕は穴をくぐって中に入る。暗くてよく見えないので、赤魔法を唱えた。

「『ワール　レドム』」

コードを唱えると、ぼおっと炎が燃え上がる。父さんいわく、本来ならろうそくくらいの小さな火らしいんだけど、『魔力強化』がある僕の炎はガスバーナーくらいに激しく燃える。

まぁ、灯りとしても使えるよね、うん。気にしないでおこう。

僕は壁づたいに歩きながら部屋の大きさを確認する。右手を壁にくっつけておけば、入口がわからなくなることはない。

壁づたいに歩いた感じでは、部屋の広さはそこまでではない。六畳くらいかな?

しばらく歩くと、土の壁とは違う感触があり足を止めた。土の壁よりも冷たくて、無機質な感じだ。

そちらを見ると、黒い棒のようなものがある。僕が触れていたところだけでなく、一面に広がっているように見えて、棒の奥には空間があるようだった。それは、前世ではゲームでたびたび見たもの。

これは鉄格子……?

中の様子が見られないかと僕は格子の隙間から手を入れて、赤魔法で照らす。

でも、そこそこの広さがあるのか、あまり奥は見えない。これでは中が空なのか奥のほうにいるだけなのかわからない。

『スリル』のコードを使えばもう少し火を大きくできるんだけど、『魔力強化』のスキルを持っている僕は少しどころじゃないレベルで火が強くなりそうだからなぁ……『ツール』はあまり意味なさそうだし。

領主さまの判断を仰いだほうがいいかと思い始めた時、黒い影のようなものが見えた。

精一杯腕を伸ばすと、それが人の形をしていることがわかる。でも、暗いせいで顔は見えない。

とりあえず、領主さまのとこに行くか。

僕は踵（きびす）を返し、入口のほうに戻る。どの位置にあるかわからないので、先ほど通ってきた道をたどるようにした。

見逃さないように慎重に歩いていたので、行きよりも時間がかかったと思うけど、どうにか穴の位置までたどり着き、穴をくぐった。

穴をくぐった先には領主さまが待機しており、僕の顔を見るなり状況を尋ねてくる。

「どうだった？」

「鉄格子らしきものがありました。中に人らしき影も」

「わかった。入ってみよう」

罠や見張りらしきものはないと判断したのか、領主さまを先頭に穴に潜っていく。

僕は領主さまが通れるように穴を引き返して、再び部屋の中に入った。

領主さまのあとに捜索隊も入ってくると、領主さまは火球を生み出した。

「わっ！」

急に火球が現れたので驚いたけど、領主さまはそういえば『詠唱破棄』のスキルを持っていたことを思い出した。

今まで突然火が現れることとなんてなかったからね、仕方ない仕方ない。

でも、熱さを感じてもおかしくない距離なのに熱くないのはなんでだろう？　領主さまが気を遣ったのかな？

領主さまは僕の驚きなど意にも介さずに奥に歩いていく。

僕も駆け足で領主さまのあとを追うと、先ほどの鉄格子が見えてきた。今は光源が大きいのもあり、奥のほうまでしっかりと見える。

そこには、僕が捜し求めていた人がいた。

「レオン！」

僕がその名を呼ぶ。鉄格子の中には、静かに横たわっているレオンの姿があった。

他にも人がいたけど、僕にはレオンしか目に入らない。目の前に鉄格子がなければ、きっと駆け出していたことだろう。

「ここで待っていなさい」

いやだ、と言いたかったけど、僕がついていったところで足手まといにしかならないのは僕が一番わかっている。

自分の無力さを痛感しつつ待機していると、領主さまは捜索隊にテキパキと指示を飛ばし始めた。

レオンを心配する気持ちが強くて、内容は聞いていなかったけど、捜索隊の一人があっという間に牢屋の鍵を破り、中の人を運び出した。

その中で、僕はレオンに駆け寄った。

「レオンは……！」

「眠らされているだけだ。白魔法を使えばすぐによくなるだろう」

「わかりました」

僕は、体の力が急激に抜けていくのを感じた。

他の人のことなんて気にする余裕がないくらい、レオンが無事だったことで安心した。

「ここの調査は私たちが行う。ルイはレオンと一緒に戻りなさい」

「はい、領主さま」

気を遣ってくれたであろう領主さまに感謝しながら、僕は捜索隊とともに屋敷に帰還した。

僕が屋敷に戻ると、屋敷の外で母さんが待っていた。母さんの頭には白いものが散っていた。それは、この地域ではそろそろ降り始める雪だ。
僕たちが建物の外に出た時には雪がちらついていた。もしその時から待っていたのなら、三十分はそこにいたんじゃないだろうか。
「母さん、ただいま！」

「ルイ！」

僕が母さんに駆け寄ると、母さんは力強く抱きしめてくれた。外はかなり寒いけれど、今はぽかぽかと暖かく感じた。

「レオンが見つかったよ！」

僕が捜索隊の人たちのほうをちらりと見ると、母さんはゆっくりとレオンに近づいていく。

「レオン……レオン……！」

母さんは、大粒の涙を流していた。捜索隊の人は、レオンを母さんに手渡す。

力が抜けたのか、その場にへたり込んでしまったけど、いまだに眠ったままのレオンを強く抱いている。

母さんの邪魔はしたくないけど、これだけは言わなければ。

「母さん、レオンは眠らされてるから、白魔法を使って起こさなきゃいけないんだって」

「そ、そうなの……？　わかったわ」

しゃくり声を上げながら、母さんは涙を拭って立ち上がる。

この場で白魔法を使うわけにはいかないのだろう。

母さんは、僕の手も強く握った。

「戻りましょうか、ルイ」

「うん。父さんにも教えてあげなきゃね！」

僕がにこりと笑うと、母さんもにこりと微笑んだ。

屋敷の中に戻ると、リーリアさまとディアナさま、父さんが迎えてくれる。

「ルイ、大丈夫？」

リーリアさまが駆け寄ってきて、僕を心配しながらにキョロキョロして尋ねる。

「はい。ご心配ありがとうございます、リーリアさま」

僕が安心させるように笑うと、近くでクスリと笑う声が聞こえる。そちらを見ると、ディアナさまが僕を見ていた。

「その様子からすると、捜し物は無事に見つかったようね」

「はい。領主さまは調査で残っておりますが、僕たちだけ先に戻らせてもらいました」

ディアナさまには久しぶりに会ったけど、ずいぶんと大人びている。確か、リーリアさまの三つ上だから、今は九歳か十歳かな？

「ディアナさま、リーリアさま。レオンに白魔法を使わねばならないようですので、お部屋を使わせていただけないでしょうか」

するとリーリアさまはそわそわとし始め、ディアナさまは澄まし顔になって、母さんに告げた。

「それなら、客室を使わせてあげるわ。メルゼン、案内して」

「かしこまりました」

ディアナさまは母さんがこんなことを言い出した理由が気になっているだろうに、深くは聞いてこなかった。テキパキと指示を飛ばす姿が領主さまと重なる。

いつかは、リーリアさまもこういうことができるようになるのかな？

ちらりとリーリアさまを見ると、リーリアさまは落ち着きなく周りを見回していた。

リーリアさまがディアナさまのように振る舞えるようになるのは、まだまだ先だな。


僕たちはメルゼンさんに客室へ案内してもらい、母さんはレオンをベッドに横たえさせる。

「ルイ、離れていなさい」

母さんの指示通りに僕が離れると、母さんはレオンに手をかざす。

「『スリル　ワイム』」

母さんがコードを唱えると、白くて淡い光がレオンを包む。

これが白魔法……！

僕が母さんの白魔法に見惚れていると、母さんは静かに手を引っ込める。

し、失敗したとかじゃないよね……？

不安に駆られる僕に気づいた母さんが微笑むと同時に、レオンのまぶたがぴくりと動いた。

「レオン！」

僕が名前を呼んで駆け寄ると、レオンはゆっくりと目を開けた。

「レオン、大丈夫⁉」

「ル、イ……？」

意識が朦朧としているようだけど、僕のほうを見て名前を呼んでくれる。

それだけで僕の心は満たされる。今にも泣きそうだった。

「母さん、父さんを呼んでくるね」

「ええ、お願い」

レオンに泣き顔を見られないように、僕はもっともな理由をつけて部屋を出た。

後ろから、クスクスと母さんが笑う声が聞こえた。

エピローグ　家族のカタチ

領主さまが帰ってきて、僕は当然のように呼び出しを受けたので、領主さまの執務室に来ている。

母さんはレオンの側にいることを選んだので、領主さまと二人きりである。

「結論から言うが、犯人は不明だ」

「やはりそうですか」

証拠なんて残ってなさそうだったし、誰かを見かけたりもしなかったしなぁ……

結局、僕は一度も黒いフードの集団を見なかったけど、もう街から出ていったのだろうか？

「そして、今回の件の後始末には時間を要する」

「約束は守ってくださいよ？」

事件があったからなんて関係ない。リーリアさまにとっては家族で一緒にすごす誕生日だったのだ。それを中止にさせるわけにはいかない。

「……わかっているが……納得させられるか……」

「させられるではなく、してもらうんですよ」

まだ自分のほうが娘より上だと思ってるのか？　いや、そんなわけがない。ヴァレンの領主でこの屋敷の領主だから口にはしないけど、リーリアさまに土下座でもすればいいのに。

僕にとって一番大切なのは家族だけど、その次はリーリアさまだ。領主さまの尊厳よりもリーリアさまの思いを優先させたい。

「君も言うようになったな」

「僕はずっと自分に正直ですよ」

精神が子どもの体に引っ張られているのもあるんだろうけど、僕は昔から自分に正直なのだ。

嘘がつけないわけではないけど、本音が半分くらいは混じっている。

嘘をつくのは好きじゃないし、今まで嘘をつく必要がなかったから。

本音を隠すこともあるけどね。

「ひとまず、パーティーは一週間後にしておく。レオンくんに伝えてくれるか」

「わかりました」

今は事件のあとでバタバタしてるけど、本当ならレオンも誕生日で十三歳になるからね。

家に置いてあるプレゼントを取りに行く時間も欲しかったところだし、僕もパーティーを後日にすることは都合が——あっ。

僕はあることに気づいて、頭を抱える。

「……どうした？」

「リーリアさまの分のプレゼントを用意していません……」

今年はレオンをお祝いするつもりでいたから、リーリアさまの分を用意していなかったのだ。

といっても、僕のプレゼントは母さんに教わった刺繍を施したハンカチとか、クッキーなどのお菓子でそんなに高価なものでもないし、用意しようと思えばできる。

でも、それはあらかじめ準備をしていればであって、冬支度を終えてしまっている今は、そんなに余裕がない。去年までは余分に糸をもらったりしてたんだけど。

当然お菓子に使えるような果物や砂糖などもないわけで……

「確か、今までは菓子などを渡していたのだろう？　屋敷の厨房なら使っても構わないが」

「僕が厨房に入れるわけないでしょう」

子どもだから危ないとか、そんな理由ではない。

毒殺の危険があるため、厨房は人の出入りが制限される。

いくら僕がお嬢さまたちの話し相手だからって、簡単に入れる場所ではないのだ。

それに、もしリーリアさまに見つかってしまったら、言い訳が思いつかない。

ちゃんと説明すれば、許してはくれるだろう。でも、プレゼントがなかったことにショックを受けるはずだ。

レオンに複雑な思いを抱きつつもレオンと合同でお祝いすることを許してくれたリーリアさまを悲しませたくない。

事の発端は僕の説明不足でもあるから、罪悪感があるし、リーリアさまにはパーティーを楽しんでもらいたい。

まぁ、こんな理想を並べたところで、リーリアさまを喜ばせるプレゼントを思いつけるわけでもないんだけど。

「……ルイ、君さえよければなんだが、今から魔法の練習をしてみないか」

「魔法の練習……ですか」

どうして領主さまが突然こんなことを言い出したのかわからず、僕は領主さまの言葉を繰り返しつつ推測する。

まず、領主さまには魔法を学んでみないかと提案されたことがあったのを思い出す。

少年式の時に魔法の使い方は教わったけど、あれはイロハ程度のものであり、本格的な指導を受けたわけではない。

僕は母さんの指示のもと、一番下の『ワール』の魔法だけを使っていた。理由は『魔力強化』による暴走を防ぐため。

だけど、奥さまの病気……もとい呪いのことが発覚し、奥さまの呪いを解くために強い魔法を欲して、僕に魔法を学ぶよう提案してきた。

と、いうことはだ。領主さまの言葉の意味は、そういうことだろう。

「わかりました。今からお伺いしますか？」

領主さまが何の準備もなくこのような提案をするはずがない。

もう教師は屋敷、もしくは屋敷の近くにいるのだろう。

「いや、こちらに呼ぶ。リーリアに知られたくないのだろう？」

「そうですね」

やっぱり僕が厨房に行きたくない本当の理由に気づいていたか。

そして、こちらに呼べばリーリアさまに気づかれないということは、執務室に出入りしてもおかしくない人材ということだろう。

領主さまは、テーブルに置いてあるベルをチリンチリンと鳴らす。

ま、まさか……？

僕の脳裏をある人物がよぎった瞬間、コンコンとドアをノックする音が響いた。

「領主さま、お呼びでしょうか」

「ああ、入ってくれ」

領主さまが入室の許可を出すと、ドアがゆっくりと開いた。

ドアの向こうには、メルゼンさんが立っていた。

「……メルゼン先生と呼ぶべきでしょうか？」

「呼び捨てでも構わんぞ」

いや、それはダメでしょ！　僕はこの屋敷のお坊っちゃまでもないし、そもそも貴族でもないんだから！

それに、前世の記憶が年上を呼び捨てにすることにはかなり抵抗を持っている。

「こちらで行ってもよろしいのでしょうか？」

僕たちの会話で自分が呼ばれた理由を察したのか、メルゼンさんはそう尋ねる。

領主さまはこくりと頷いた。

「ああ。私は仕事をしているから、適当な場所でやるといい」

いやいや、強い魔法の練習を執務室でやったらダメでしょ！　それとも、ここから移動すると
か？　いや、それだとメルゼンさんをここに呼んだ意味がない。

「では、ルイさま。早速始めましょうか」

やっぱりここでやるんですね！

チラリと領主さまを見ると、我関せずといった様子で書類と向き合っている。

じーっと見ていると、僕の視線に気づいたのか、領主さまは頭を上げる。そして、メルゼンさん
を見据えて言った。

「メルゼン、ルイは子どもではないからな」

「かしこまりました」

メルゼンさんは理解しているような口ぶりだけど、今回ばかりは僕は領主さまがそう口にした意
図がわからなかった。

でも、そのあとに続いたメルゼンさんの言葉で理解した。

「それなら少し厳しく指導しても問題なさそうですね」

子どもではないってそういう意味⁉　子どもだからって優しくするなってことかよ！　甘やかせ
とは言わないけど、優しさを混ぜてくれてもいいじゃないか。

「領主さま」

「他意はない。今までの言動を踏まえた結果にすぎん」

本当かなぁ……？　そのニヤリとした顔を見る限り、そうは思えないんだけど。

「では、ルイさま。お話はそこまでにして始めますよ」

「はーい」

僕は子どもらしく気の抜けた返事をする。

もう以前ほど子どもらしく振る舞うつもりはないけど、必要以上に殻を破り捨てる必要もない。

僕は、緊張感のない返事とは裏腹に、僕はほのかな決意を宿した。

一週間後、延期になったリーリアさまの誕生日パーティーが開かれた。

レオンたちには、魔法の特訓の合間にパーティーの日時を伝えておいた。

レオンたちも今日はそわそわしている。よほど楽しみだったようだ。

礼服は、いつの間にか領主さまが用意していた。装飾は必要最低限で裕福な平民が着そうなレベルに抑えられており、サイズはピッタリ。測った覚えがないんですけど、いつ僕たちの服のサイズを知ったのでしょうか？

そんな些細なエピソードを挟みつつ、着々と準備は進んでいたようだ。

僕は魔法の特訓を続けていて、三日前にメルゼンさんから合格をもらってからは、母さんの白魔法を完全複製するための特訓を開始してと、わりと多忙な日々をすごしているうちに当日になってしまった。

それでも、どうにかリーリアさまを喜ばせるプレゼントは用意できたはずなので、重労働も苦ではなかったけど。

「そういえば、レオンはあの事件のことで領主さまに何か聞かれたりしなかったの？」

僕がガチガチになっているレオンに声をかけると、レオンがワンテンポ遅れて僕を見た。

緊張しすぎと思わないでもないけど、貴族のパーティーの主役に並ぶなら当然の反応かもな。

「い、一応聞かれたけど、あまり覚えてなくて」

「でも、レオンは自分から外に出ていったんでしょ？」

「そうみたいだね」

……うん？「みたい」？　なんでそんな他人事のような言い方をするんだ？

「覚えてないの？」

「ルイが領主さまのお屋敷に向かったくらいまでは覚えてるんだけど、そこからなんか記憶がぼんやりしてて。家を出たのは覚えてるけど、その時何を言っていたかはちょっと」

なんか、いろいろと複雑なことになっているみたいだ。領主さまは頭を抱えていることだろう。

それでも、ちゃんと約束通り一週間後に開催してくれたから僕は何も言わないけど。

「レオン、ルイ。そろそろ行くわよ」

「「はーい」」

母さんのあとについて、僕たちは会場に向かった。

会場にはテーブルがいくつかあり、そこに軽食が並んでいる。

会場内にはすでに使用人が数名と少年式の日に見かけた親戚の方々もいた。

「ねぇ、本当に僕も主役でいいの？」

「いいのいいの。領主さまがそうおっしゃったし、リーリアさまも許したから誰も文句言わないって」

というか、絶対に言わせない。特に、領主さま辺りには。

「ルイ！」

僕を呼ぶ幼い声が会場に響く。

振り向くと、そこには笑顔で近づいてくるリーリアさまがいた。

後ろからゆっくりとディアナさまがついてくる。

「大地に芽吹きし良き日にお祝い申し上げます、リーリアさま」

この世界流の誕生日おめでとうを伝えると、リーリアさまは嬉しそうに「ありがとう」と言う。

そして、僕の傍らに立っていた存在に視線を向けた。

「レオンももう着いていたのね？」

「は、はい」

レオンが上ずった声で返事するが、リーリアさまはじっと見つめるだけで何も言わない。

そしてクスリと笑った。

「大地に芽吹きし良き日を祝います、レオン」

リーリアさまの言葉に会場がざわつく。僕も、かなり動揺していた。

通常、貴族が平民にお祝いの言葉を告げることはない。あったとしても、平民に礼を告げる際のついでのようなものだ。

「ありがとうございます。私も、リーリアさまの大地に芽吹きし良き日にお祝い申し上げます」

「ありがとう」

内心はどう思っているのか知らないけど、リーリアさまは終始笑顔で、空気も和やかだ。

ひとまず、あの時のような雰囲気にはならないようで安心した。

「リーリアお嬢さま。領主さまはご一緒ではないのですか？」

母さんの質問にリーリアさまは寂しそうに答える。

「お父さまはやることがあるそうなので、少し遅れるとのことでした」

「私だって家庭教師の予定を調整して参加したのよ。お父さまだけが来ないなんて私が許さないわ」

ディアナさまの言葉に僕も心の中で頷きまくる。

領主さまがパーティーに来ないなんて絶対にない。もしあのことにかまけて来ないようなら、僕が引きずり出してやる。

「それは勘弁願いたいものだ」

噂をすればというタイミングで声がした。

僕は、声の主につかつかと歩み寄る。

「遅いです。もう少し経っても来なかったら引きずり出しに行こうかと思いましたよ」

「君が言うと笑えないな」

領主さまが苦笑いする。

「だが、それは私だけにしておいてくれ。あまり無理をさせたくない」

「なんの非もない人にそんなことしませんよ」

悪いのはあんただけだということを伝えると、領主さまは「そうか」と呟いた。

貴族流の会話に慣れていないレオンや父さんはもちろんのこと、リーリアさまやディアナさまはきょとんとしている。

唯一事情を知っている母さんだけが口元を抑えて笑っていた。

「それで、領主さまだけですか？」

「準備に手間取っていてな。少し一人にしてほしいと言われたから、私だけ様子を見に来たんだ」

「そうでしたか」

まぁ、いろいろと心の準備とかあるだろうしね。無理もないか。

「だが、そろそろ迎えに行くとしよう」

「ちゃんとエスコートしてくださいよ」

僕のエールに、領主さまは目だけで任せろという返事をした。

よし、このパーティーを盛り上げる特大のサプライズまでもう少しだ。

しばらくリーリアさまたちとお話ししているうちに、領主さまが再び戻ってきた。でも、今回は一人ではなく、もう一人。

開いたドアの向こうに立っていた人に気づくと、人々は目を見開く。

領主さまの傍らには、一人の美しい女性が立っていた。

その髪はこの領地を覆う雪のように美しい白銀で、瞳はアメジストのような紫色だった。

いつも勝ち気なディアナさまも今回ばかりは動揺している。リーリアさまなんて呆然としたまま動かない。

父さんとレオンは困惑しているけど、ただごとではないことは読み取れるのか、入場してくる人たちをちらちらと見ている。

僕と協力者の母さんは事情を知っているので平然としたままだ。

「お、かあ……さま……？」

ディアナさまがようやくそう言った。

その言葉に反応して紫色の瞳がこちらを捉え、静かに歩いてくる。

一度寝ている時に会ったけど、改めて見るとすごいきれいな人だ。

ダメ親の領主さまにはもったいなさすぎる。

「久しぶり……というべきかしら？」

心に染み入るような美しい声に、僕はドキッとしてしまう。

自分に言われたわけでもないのに。

ディアナさまにおかあさまと呼ばれたその人は、ディアナさまの視線に合わせるようにしゃがんで、そっとその髪を撫でた。

もう限界だったのだろう。ディアナさまは大粒の涙を流して抱きついてしまった。

僕は、まだ呆然としているリーリアさまの背中をそっと押す。

リーリアさまはびっくりしたように僕のほうを見たけど、僕がディアナさまのほうを指差すと、そちらに視線を向けた。

リーリアさまの視線に気づいたその人は、リーリアさまをそっと手招きした。でも、リーリアさまは僕の後ろに隠れてしまった。

やっぱり、まだまだ子どもだな。

僕が先導するように歩いていくと、リーリアさまは僕の後ろに隠れながらもついてくる。

目の前まで近づくと、リーリアさまはそっと顔を覗かせた。

「大きくなったわね、リーリア」

そう呼びかけたけれど、当の本人は再び僕の後ろに隠れた。

その様子に目の前の女性はクスクスと笑っている。

「リーリアは新しいお友だちのほうがいいみたいね？」

ちょ、その言い方は語弊がありますって。平民の僕を優先したことに文句を言っているように聞こえますよ。

「奥さまにお会いできて嬉しいのですよ」

僕が弁明するようにそう言うと、その女性——奥さまはふふっと朗らかに笑う。

それはなんの笑みですかね。

「別に不満に思っているわけではないのよ。ちょっと残念なだけで」

それを世間では不満と言うんです。

「恩人であるあなたに文句を言うほど狭量じゃないわ」

奥さまの言う恩人とは、もちろん僕のこと。魔法の特訓を重ねて、母さんの白魔法の完全複製に成功した僕は、奥さまにかけられていた呪いを解き、見事に目覚めさせたのだ。

普通なら屋敷中がお祝いムードになるのだけど、リーリアさまが楽しみにしていた誕生日パーティーが疎かになってしまうことや、サプライズにしたかったというのもあり、奥さまの目覚めに関しては僕と領主さま、メルゼンさん、奥さまの専属侍女、母さんの五人だけの秘密にしていた。

だから、今ごろは屋敷の使用人も大騒ぎしているのではないだろうか。

「ちょっとルイ！　お母さまの言葉はどういうことなの？」

涙は引っ込んだけれど、目を赤くしたディアナさまが詰め寄ってきた。

リーリアさまも僕のほうをチラチラと見ている。

う～ん……僕としては話しても構わないんだけど、さすがに一度しか会ったことのない親戚の人にまで知れ渡るのは遠慮願いたい。

ディアナさまやリーリアさまは頼めば内緒にしてくれるだろうけど、親戚連中は信用できない。

だけど、そんな時の魔法の一言がある。

「領主さまにお尋ねください」

こう言えば、ディアナさまは領主さまに尋ねるだろうし、リーリアさまもディアナさまや奥さまに尋ねて知ることができるだろう。

領主さまも話す相手は選ぶだろうから、厄介な相手に僕の力が知られることはない。

僕の力のことに関しては領主さまに押しつけることができたので、最後はリーリアさまだ。

「奥さまとお話しなさらないのですか？」

「は、話します、けど……」

やはり、まだ勇気が出ないらしい。う～ん、困った。僕はリーリアさまに喜んでほしかったのに、なんか成功した感じがない。

「なら、お母さまに新しいお友だちのことを教えてほしいわ。一体何をお話ししたのかしら？」

「ちょ、奥さま!?」

それは聞いたらダメだって！　結構無礼に振る舞ってるから、ここでそれを暴露されたら親戚連中に確実に睨まれる。

「ルイとは一緒にお茶会したり、ぬいぐるみをプレゼントしてもらったりしました。誕生日もずっとお祝いしてもらって」

リーリアさまが当たり障りない回答をしてくれたことに、僕はほっとした。

よし、これであとは親子水入らずで――

「あっ、でも、今年は一度断られちゃって」

リーリアさまあああ!?　それは一番言っちゃいけないやつだって!!

「まぁ、そうなの」

奥さまはそう言って、ニコニコと笑いながら僕を見つめる。

怖い。怖すぎて奥さまの顔が見られない。

「はい。レオンのことをお祝いしたいからと」

リーリアさまやめて！　これ以上傷口に塩を塗るようなことしないで！

それじゃあ、領主のお嬢さまのお誘いを無視して兄を優先した無礼な子どもにしか聞こえないから！　いや、実際そうなんだけど。

「それで、ちょっとレオンと喧嘩してしまって」

レオンにまで飛び火した！　いや、本当のことだし、レオンも悪くないわけではないけど、言い方をもう少しマイルドにしてくれませんかね!?

さっきから周りの目が怖くて顔を上げられないよ。

「でも、今は一緒にお祝いしているのです。先ほどお祝いの言葉を贈りました」

リーリアさまが終始楽しそうに話すため、僕は口を挟むことができなかった。でも、奥さまは「そう」と優しく微笑みながらリーリアさまの頭を撫でるだけ。

ひとしきり撫でると、奥さまは僕のほうに歩いてくる。

怒られるかと身構えたけど、奥さまは僕の頭も優しく撫でてくれた。

「リーリアが楽しそうなのは、きっとあなたのお陰ね。ありがとう」

「いえ、こちらこそリーリアさまにはよくしていただいています」

普通の貴族なら僕がずっと友達でいられるわけないしね。

「そのことに免じて、あなたがリーリアの誘いを断ったことと、レオンくんが喧嘩したことは許してあげるわ」

「……寛大なお心に感謝いたします」

次はないと言外に脅してくる奥さまに、僕は体を硬直させながらも感謝した。

やっぱり、貴族の奥さまだなと実感する。だけど、厳しいだけの人ではないのもディアナさまとリーリアさまの様子を見ていればわかる。

釘を刺して満足したのか、奥さまはディアナさまやリーリアさまと楽しく談笑している。

領主さまが仲間外れ気味になっているのは、今まで家族を放置していたことの因果応報としか思えないけど。

やっぱり、家族というのはいいものだ。お互いを信じ思い合っているからこそ、誰かのために涙を流したり怒ったりすることができる。

前世ではそんな思いを得ることができなかったけど、今の僕は、家族のためならなんでもできる予感がした。

いずれ最強の錬金術師？
SOMEDAY WILL I BE THE GREATEST ALCHEMIST?
1~17
小狐丸
KOGITSUNEMARU
シリーズ累計(電子含む)120万部突破！
2025年1月8日より
TVアニメ放送中!!
TOKYO MX・BS11ほか
コミックス
1~8巻
好評発売中！
1~17巻
好評発売中！
勇者召喚に巻き込まれ、異世界に転生した僕、タクミ。不憫な僕を哀れんで、女神様が特別なスキルをくれることになったので、地味な生産系スキルをお願いした。そして与えられたのは、錬金術という珍しいスキル。まだよくわからないけど、このスキル、すごい可能性を秘めていそう……!? 最強錬金術師を目指す僕の旅が、いま始まる！
いずれ最強の錬金術師？
小狐丸
聖剣から空飛ぶ船まで、何でも造れる
最強スキル
錬金術!!
いずれ最強の錬金術師？
1
原作 小狐丸
漫画 ささかまたろう
錬金術発動
10万部突破！

この作品に対する皆様のご意見・ご感想をお待ちしております。
おハガキ・お手紙は以下の宛先にお送りください。

【宛先】
〒150-6019 東京都渋谷区恵比寿4-20-3 恵比寿ｶﾞｰﾃﾞﾝﾌﾟﾚｲｽﾀﾜｰ19F
（株）アルファポリス　書籍感想係

メールフォームでのご意見・ご感想は右のＱＲコードから、
あるいは以下のワードで検索をかけてください。

アルファポリス　書籍の感想

ご感想はこちらから

本書はWebサイト「アルファポリス」（https://www.alphapolis.co.jp/）に投稿されたものを、改題・改稿のうえ、書籍化したものです。

転生チートは家族のために

ユニークスキル『複合』で、快適な異世界生活を送りたい！

りーさん

2025年 3月30日初版発行

編集－小島正寛・芦田尚
編集長－太田鉄平
発行者－梶本雄介
発行所－株式会社アルファポリス
〒150-6019 東京都渋谷区恵比寿4-20-3 恵比寿ｶﾞｰﾃﾞﾝﾌﾟﾚｲｽﾀﾜｰ19F
TEL 03-6277-1601（営業）　03-6277-1602（編集）
URL https://www.alphapolis.co.jp/
発売元－株式会社星雲社（共同出版社・流通責任出版社）
〒112-0005 東京都文京区水道1-3-30
TEL 03-3868-3275
装丁・本文イラスト－pokira
装丁デザイン－AFTERGLOW
印刷－中央精版印刷株式会社

価格はカバーに表示されてあります。
落丁乱丁の場合はアルファポリスまでご連絡ください。
送料は小社負担でお取り替えします。

ISBN 978-4-434-35492-2 C0093